OOPSY DAISY

Edizione italiana

WICKED GOOD MYSTERY SERIES

LUCY MAY

DEDIZIONE

«La margherita rappresenta la semplicità e l'aria spontanea.» ~Robert Burns

NOTA AL LETTORE

Ogni titolo della serie Wicked Good Mystery può essere letto senza bisogno di leggere prima gli altri titoli della serie. Tuttavia, incontrerai riferimenti agli eventi delle storie precedenti. Se desideri goderti tutto il mistero, la magia e il caos, dai un'occhiata agli altri libri della serie!

CAPITOLO UNO

MOIRA WICKED

La primavera era arrivata con furia. Non importava quante primavere avessi trascorso a Charm Cove, nel Maine, il rapido passaggio verso un clima più mite non cessava mai di stupirmi. Eravamo passati dalle notti gelide e mattinate fredde con il sole che scioglieva la brina sull'erba ai fiori che improvvisamente sbocciavano a vita. Le giornate si allungavano con la magia dell'alba, e i tramonti diventavano ancora più gloriosi. La brezza salata proveniente dall'Oceano Atlantico era ancora un po' fresca in primavera, ma non così pungente come in inverno.

Stavo uscendo dal lavoro un pomeriggio, attraversando il parco cittadino per raggiungere la mia auto. Non appena iniziava la stagione turistica nella nostra piccola cittadina vivace, cominciavo a parcheggiare nell'area riservata solo ai proprietari delle attività commerciali. Preferivamo mantenere il parcheggio dietro il negozio libero per i turisti che venivano a visitare Persnickety Potions & Gifts. Non eravamo certo al picco della stagione turistica, ma le cose stavano iniziando a movimentarsi.

Proprio mentre mi trovavo quasi al centro del parco, una raffica di vento fece volare una margherita nel cielo che atterrò sulla mia spalla.

Raccogliendola, risi piano. «Beh, questo è strano», mormorai tra me e me.

Non ci feci troppo caso e continuai a camminare. Stavo attraversando il marciapiede sul lato opposto del parco quando un'altra margherita cadde dal cielo.

Ok, questo è ancora più strano.

Quando raggiunsi la mia auto, rimasi sorpresa nel vedere una margherita sul parabrezza. La situazione era passata da strana, a bizzarra, a più bizzarra, fino a diventare piuttosto folle. Scuotendo la testa, lo imputai a un pomeriggio particolare.

Altre tre margherite atterrarono sul mio parabrezza mentre guidavo verso casa, sbattendo contro il vetro per poi volare via. Nonostante sapessi tutto sulla magia e credessi fermamente nella sua esistenza - essendo io stessa una strega con molti poteri - decisi di considerare l'opzione più realistica. Qualcuno doveva aver fatto lavori di giardinaggio e probabilmente stava trasportando detriti che contenevano un mucchio di margherite. Era questo che mi dicevo. Era lo scenario più plausibile che potessi immaginare. La mia spiegazione interna era aiutata dal fatto che non vidi altre margherite durante il tragitto verso casa.

La mattina seguente, il sole splendeva luminoso sull'oceano, e Charm Cove era il solito paesaggio pittoresco: una cittadina affascinante e caratteristica lungo la costa rocciosa del Maine. Stavo finendo la colazione e sorseggiando il mio caffè con Liam Good, il mio fidanzato.

Non c'era nulla di insolito in quella mattina. Questo finché il mio gatto, Ghost, non entrò di corsa attraverso la sua porticina dal portico sul retro con due margherite in bocca e un'altra impigliata nel collare. Ghost, un gatto solitamente maestoso che in qualche modo riusciva ad avere sempre un pelo bianco brillante, nonostante scorazzasse liberamente all'esterno quasi tutti i giorni, sembrava decisamente indignato dalle margherite.

Guardando Liam, commentai: «Suppongo abbia catturato le margherite perché era arrabbiato con loro».

Come a voler sottolineare il mio punto, Ghost lasciò cadere le margherite sul pavimento e poi scosse la testa, cercando di liberarsi del fiore impigliato nel collare.

«È davvero strano. Ieri sera, come ti ho raccontato, c'erano quelle margherite che cadevano dal cielo. Ne hai viste?»

Liam si alzò dallo sgabello dove era seduto vicino al bancone della cucina, facendo il giro per mettere la tazza di caffè vuota nel lavandino. I suoi capelli neri erano ancora umidi dalla doccia e i suoi occhi blu erano luminosi nella luce del primo mattino. Scosse la testa. «No, ma ieri sono tornato a casa prima di te».

Alzandomi, mi diressi verso il portico con le zanzariere. Aprii la porta e uscii trovando margherite *ovunque*. Sentii Liam che mi seguiva, la porta a zanzariera si richiuse con un colpo quando lui uscì sul terrazzo.

«Wow», disse.

«Ma che diavolo sta succedendo?» esclamai.

L'intero terrazzo oltre le zanzariere era coperto di margherite, così come il prato dietro la casa fino all'Oceano Atlantico. Charm Cove si trovava circa a metà della costa del Maine.

La dependance che condividevo con Liam era situata su un promontorio con vista sull'oceano. Le margherite coprivano il terreno fino al promontorio. Oltre il promontorio, si potevano vedere agitarsi al bordo dell'acqua, dove si estendevano appena oltre i frangenti. Le margherite erano sparse sulla superficie dell'oceano blu ardesia, con il sole che faceva scintillare l'acqua in mezzo a loro.

«Addio alla mia teoria di ieri secondo cui qualcuno doveva aver fatto dei lavori di giardinaggio un po' troppo entusiasti», mormorai.

Liam ridacchiò. «Oh, direi proprio di sì».

Come per confermare, alcune margherite caddero dal cielo, una atterrò sulla mia spalla e altre due svolazzarono sul terrazzo.

———

Più tardi quella mattina, dopo alcune chiamate in giro per Charm Cove, tutto ciò che sapevamo era che c'erano margherite ovunque. Dal cielo piovevano letteralmente margherite. Arrivavano a piccoli scrosci con gruppi di questi adorabili fiori che cadevano casualmente dall'alto.

Con i turisti che affollavano i marciapiedi e i negozi, tutto ciò che ho sentito per tutta la mattina è stato margherite, margherite, margherite e ancora margherite. Al Persnickety Potions & Gifts, il piccolo negozio che gestivo per la mia famiglia a Charm Cove, c'era un flusso costante di clienti, molti dei quali raccoglievano margherite dal marciapiede e se le infilavano dietro le orecchie, o le intrecciavano nei capelli. Nel frattempo, le linee di comunicazione tra le varie famiglie di streghe a Charm Cove ronzavano tramite telefono, messaggi e di persona.

Quando è arrivata l'ora di pranzo, sono uscita sul marciapiede. Persnickety Potions & Gifts si trovava su Charming Way, una delle strade più trafficate del centro. Proprio dall'altra parte della strada c'era il parco comunale, con Wicked Way che lo fiancheggiava sul lato opposto.

Charm Cove era una tipica cittadina del New England con graziosi negozietti, vecchie case coloniali e un piccolo centro costruito attorno al parco comunale. Era incantevole come sempre a mezzogiorno in questa giornata primaverile, con l'eccezione delle margherite che tappezzavano l'intero centro. Era decisamente discutibile se questo aggiungesse o meno al fascino del luogo.

Mentre mi guardavo intorno, una pioggia di margherite cadde dal cielo, alcune atterrando nei miei capelli. Un uomo che camminava per strada con una macchina fotografica si fermò e mi scattò rapidamente una foto. Non lo riconoscevo, ma non dovetti chiedermi a lungo chi fosse dopo che si fermò accanto a me.

«Salve, sono un reporter del *Maine News & Gazette*. Charm Cove è su tutte le notizie questa mattina. Le dispiacerebbe concedermi un'intervista?» chiese.

Ero un po' stordita alla vista di margherite ovunque e stavo ancora cercando di capire cosa diavolo stesse succedendo.

«Ah, a proposito, mi chiamo Dale. Dale Anderson» aggiunse l'uomo.

Con uno scuotimento mentale, mi concentrai su di lui. «Buongiorno. È appena arrivato qui questa mattina?» chiesi.

«Oh sì. Sono venuto da Portland e sono arrivato circa mezz'ora fa. Ho guidato per tutta la città. Ci sono margherite ovunque.»

«Dove iniziano?» chiesi.

Dato che ero rimasta solo entro i confini della città questa mattina, ero molto curiosa di sapere dove avesse origine questa tempesta di margherite.

«Sono arrivato dalla I-295 e poi sulla Route 1. Quando si prende l'uscita dalla Route 1, iniziano le margherite. All'inizio sono un po' sparse, ma una volta superato il cartello dei confini della città...» Si fermò e ridacchiò. «Beh, ci sono margherite ovunque, proprio come qui» spiegò, gesticolando con la mano.

C'erano margherite *assolutamente* ovunque guardassi. Il maestoso abete balsamico al centro del parco comunale sembrava ridicolo con le margherite sparse su di esso, come se fosse decorato per le festività.

«Questo sicuramente alimenterà le voci sulla reputazione di Charm Cove» disse con una risata meravigliata.

«Mi scusi?»

«Beh, Lei deve sapere che circolano voci sul fatto che Charm Cove sia piena di streghe» spiegò.

Trattenni un sospiro e mantenni un'espressione accuratamente neutra. Visto che *ero* una strega, insieme a tutti nella mia famiglia, ero ben consapevole della reputazione di Charm Cove. La mia famiglia, i Wicked, insieme ai Good, avevano fondato Charm Cove secoli fa. In origine eravamo una città di sole streghe e stregoni, ma ci eravamo nascosti bene e ora vivevamo liberamente tra coloro che non erano benedetti con poteri soprannaturali. Charm Cove era *ancora* popolata principalmente da streghe e stregoni, ma preferivamo mantenere questo segreto.

Dato che la nostra graziosa cittadina esisteva solamente perché i nostri antenati erano fuggiti da Salem, Massachusetts durante l'isteria per le streghe, avevamo lavorato duramente per vivere in modo tranquillo e pacifico. Streghe e stregoni erano in gran parte una forza del bene nel mondo, ma le persone tendevano a temere ciò che non comprendevano. Senza giochi di parole.

Sebbene fossimo in gran parte riusciti a nascondere la nostra esistenza, c'erano voci persistenti. Una quantità di margherite che pioveva dal cielo di certo non avrebbe aiutato la situazione sul fronte dei pettegolezzi.

CAPITOLO DUE

Quella sera Charm Cove era in fermento, per una buona ragione. Enchanted Spirits, un bar molto amato dai locali, era pieno di gente e margherite. Era praticamente impossibile camminare ovunque senza che le margherite cadessero dall'alto impigliandosi nei capelli o incastrandosi nelle scarpe. Era davvero un'esplosione floreale. Mi scrollai di dosso una margherita mentre mi facevo strada tra i tavoli verso un separé nell'angolo in fondo.

Avevo appuntamento con un gruppo di amici, apparentemente per drink e cena. Anche se sicuramente avremmo apprezzato entrambe le cose, avremmo anche discusso della situazione margherite, per mancanza di un modo migliore per descriverla. Quando raggiunsi il separé, Liam si alzò, facendomi cenno di scivolare nel posto accanto alla mia migliore amica, Zoe. Una volta seduta, lui si sedette di nuovo, appoggiando il braccio sulle mie spalle.

Zoe aveva una margherita infilata dietro l'orecchio e mi lanciò un sorriso. «Ehi, ciao.»

«Ciao», risposi. Guardando attorno al tavolo, appoggiai il mento sulla mano e chiesi: «Ma che diavolo sta succedendo?»

Mia cugina Emma sedeva proprio di fronte a me con i capelli neri raccolti in una coda e una margherita infilata nell'elastico. Scrollò le spalle. «La tua ipotesi è valida quanto quella di chiunque altro.»

Liam si chinò per darmi un bacio sulla guancia. Daniel Levesque, il marito di Zoe e capo della polizia di Charm Cove, ridacchiò. «Per una volta, non devo intervenire. Non c'è alcun crimine legato alle margherite che cadono dal cielo.»

Nathan Good si appoggiò all'indietro nell'angolo del separé e scosse lentamente la testa. «Suppongo di no.»

«Credo che tutti a questo tavolo siano streghe o stregoni tranne me, giusto?» chiese Daniel.

«Vero», disse Emma con un cenno del capo.

Attorno al separé c'eravamo io, decisamente una strega; il mio fidanzato, Liam, uno stregone, insieme a suo cugino Nathan. Mia cugina di terzo grado, Emma Good, era anche lei una strega; il fidanzato di Emma, Jackson Howe, era uno stregone. Ultimo ma sicuramente non meno importante era la moglie di Daniel, Zoe, che era una strega. Streghe e stregoni circondavano Daniel.

«Come puoi dirmi che le margherite che cadono dal cielo non sono un crimine?» chiese Zoe.

Daniel ridacchiò di nuovo e scosse la testa. «Questa dovete risolverla voi. Non dubito minimamente che qualunque cosa stia causando questo abbia a che fare con la magia. Indagherò sui crimini legati alla magia, ma deve essere un crimine. Le margherite che piovono dal cielo non sono un crimine per quanto ne so.»

Rachel Ouellette, la nostra cameriera, si fermò al tavolo. Aveva margherite intrecciate a formare una corona sopra i suoi capelli biondi. Rachel ci rivolse un sorriso. «Allora, volete partecipare alla scommessa?» chiese.

«Oh mio Dio, ti prego non dirmi che c'è una scommessa sulle margherite», risposi, alzando lo sguardo verso di lei.

I suoi occhi azzurri si incresparono agli angoli col suo sorriso. «Certo che c'è. La scommessa è su quanto tempo ci vorrà prima che smetta.»

Nathan intervenne. «Qual è la puntata minima per partecipare?»

«Dieci dollari», rispose Rachel allegramente.

Tutti i ragazzi tirarono prontamente fuori i portafogli, Daniel incluso. Sporgendomi attorno a Zoe, gli lanciai un'occhiataccia. «Il gioco d'azzardo è legale?»

«È una scommessa collettiva. Superala», replicò Daniel rapidamente.

Dopo che le scommesse furono fatte e Rachel raccolse i soldi, ordinammo cibo e bevande. La conversazione non si allontanò dalle margherite per più di pochi minuti alla volta. Le persone continuavano a fermarsi al tavolo per teorizzare sulla causa, quindi non potevamo quasi smettere di parlarne. Il reporter che aveva chiesto di farmi una foto prima quel giorno era anche lui lì, facendosi strada per il bar con un registratore in mano, prendendo appunti e fotografie.

Quando Liam e io tornammo a casa più tardi quella sera, Ghost ci accolse alla porta con un'altra margherita in bocca. Emise un miagolio afflitto quando una margherita gli cadde dal cielo sulla schiena. Dopo che ci togliemmo le scarpe e appendemmo le giacche, attraversai la stanza e mi lasciai cadere sul divano, emettendo un profondo sospiro mentre mi appoggiavo sui cuscini. «È un disastro», annunciai.

«Tu credi?» chiese Liam mentre si sistemava sul divano ad angolo accanto a me, poggiando i piedi sul tavolino.

«Non so chi abbia fatto succedere questo, ma Charm Cove avrà un serio problema se non riusciamo a farlo smettere presto. C'è mai stato un incidente in cui la magia è andata così fuori controllo?» chiesi. «Sai, dove si presentano i reporter e cose del genere?»

Sporgendosi in avanti, Liam prese il telecomando e accese la televisione, passando rapidamente a uno dei principali canali di notizie. Erano le dieci di sera, l'ora del telegiornale serale. Prima notizia: *Charm Cove, l'Esplosione di Margherite* diceva il titolo.

La coppia di anchorman normalmente composta era piuttosto animata per questa notizia. Nancy Mathis diede inizio al segmento con un sorriso allegro. «La nostra notizia principale stasera sta accadendo a Charm Cove, nel Maine, proprio in questo momento.» Le immagini passarono a una fotografia di margherite ovunque.

«Oh Dio», mormorai con un sospiro.

Anche il sospiro di Liam fu pesante, il che era tutto dire. Liam non si faceva scuotere facilmente. Guardammo in silenzio il servizio giornalistico su Charm Cove.

Dopo l'inquadratura della città, il volto sorridente di Nancy tornò sullo schermo. «Come potete vedere, l'intera città è ricoperta di margherite. Cadono dal cielo in rovesci casuali». Nancy fece una pausa, durante la quale lo schermo mostrò filmati di margherite che facevano esattamente questo. La telecamera si allontanò dal cielo per inquadrare la piazza della città. Riuscivo appena a distinguere l'insegna di Persnickety Potions & Gifts. Da quella prospettiva, l'intera situazione sembrava completamente assurda e quasi surreale.

«Come pensi che abbiano fatto quella ripresa?» chiesi, distogliendo lo sguardo dalla televisione verso Liam.

«Probabilmente un drone», rispose, allungando il braccio attorno alle mie spalle e tirandomi più vicino al suo fianco. La telecamera in questione si muoveva sopra la piazza, seguendo Charming Way fino alla strada costiera che portava alla zona residenziale della città.

Nancy continuò la sua narrazione confermando l'ipotesi di Liam. «Come potete vedere dalla nostra telecamera drone, ci sono letteralmente margherite ovunque. Oggi ci sono stati due tamponamenti quando i veicoli hanno slittato sui fiori nella strada. Fortunatamente, nessuno è rimasto ferito. Non sembra esserci molto senso nel cercare di ripulirle poiché continuano a cadere». A questo punto, la telecamera si spostò lungo il bordo della spiaggia, dove la sabbia era ricoperta di margherite. Rotolavano nell'acqua mentre le onde si infrangevano sulla riva. «Per una prospettiva più ampia, sentiamo il meteorologo locale, Chuck Jackson».

Fortunatamente, la vista di Charm Cove coperta di margherite scomparve e la telecamera tornò a Nancy seduta alla sua scrivania con Chuck accanto a lei, che faceva sia da conduttore che da meteorologo.

«Immagino che ora faranno ipotesi su quello che sta succedendo», disse Liam, con un tono carico di sarcasmo.

Sospirai di nuovo, spostando i piedi per fare spazio a Ghost quando saltò sul divano accanto a me, rannicchiandosi contro il mio fianco mentre si acciambellava. Quando allungai la mano per accarezzargli il mento, mi rispose con un sonoro ronfare. Quello che sarebbe dovuto essere un momento rilassante mentre ci riposavamo alla fine della giornata non lo era. No, ora dovevamo preoccuparci delle voci che erano state mormorate silenziosamente su Charm Cove nel corso dei secoli e che ora stavano raggiungendo un tono febbrile.

«Allora, Chuck, hai mai sentito parlare di qualcosa del genere?» chiese Nancy con un caldo sorriso.

Chuck scosse solennemente la testa. «Assolutamente no, Nancy. Appena ho sentito le prime notizie questa mattina presto, io - come molti abitanti del Maine - mi sono diretto immediatamente a Charm Cove per vederlo con i miei occhi. È come l'immagine che hai mostrato. I fiori iniziano appena oltre il confine della città. A circa mezzo miglio all'interno, le margherite sono ovunque».

Nancy annuiva. «Hai menzionato prima che stavi cercando di scoprire se ci fosse mai stato un precedente di fiori che cadevano dal cielo come questi. Hai avuto fortuna con le tue ricerche?» chiese.

«Questo è ridicolo», dissi, lanciando uno sguardo di lato.

Liam incrociò il mio sguardo e ridacchiò. I miei occhi tornarono istantaneamente alla televisione, perché dovevo assolutamente sapere cosa Chuck avesse da dire al riguardo.

«Nancy, se puoi crederci, c'è *effettivamente* un episodio registrato nella storia di qualcosa di simile», disse Chuck. Nancy sembrò educatamente interessata, i suoi occhi si allargarono leggermente mentre annuiva perché continuasse. «È accaduto in Scozia nel sedicesimo secolo. C'è documentazione di un piccolo villaggio coperto di margherite. Ovviamente, i documenti sono piuttosto antichi, ma a quanto pare gli abitanti del luogo sospettavano si trattasse di stregoneria», affermò Chuck con un'espressione completamente seria.

«Cosa è successo?» chiese Nancy per portare avanti questa notizia assolutamente ridicola.

«Dopo alcune settimane, le tempeste di margherite, come venivano chiamate all'epoca, si sono fermate. Se qualcuno ha mai saputo cosa le causasse, certamente non è stato riportato nei libri di storia. Ma oggi abbiamo una nuova opportunità. La scienza è nostra amica. Una squadra di esperti internazionali di meteorologia e botanica è stata inviata a Charm Cove per investigare. Mentre la scienza ci ha aiutato a imparare molte cose sul meteo, ci sono ancora molti misteri da esaminare», dichiarò Chuck.

Non riuscii a trattenere la risata, ridacchiando quando Liam rise.

Alzandomi, mi voltai mentre il notiziario continuava. «Vuoi dell'acqua?» chiesi da sopra la spalla mentre mi dirigevo in cucina per prendere un bicchiere per me.

«Sì, grazie», rispose Liam mentre il servizio andava in pausa pubblicitaria. «Torneremo subito con altri aggiornamenti su questo fenomeno meteorologico». Attraversando il soggiorno verso la cucina, speravo che le tempeste di margherite finissero presto. A quanto pare in Scozia era successo, quindi avevamo la storia dalla nostra parte.

Avevo ereditato la mia casa-rimessa da mia nonna dopo che era venuta a mancare. Si trovava nella proprietà della mia famiglia ma a una distanza sufficiente dalla casa principale da poter immaginare di avere un po' di privacy. Un tempo era stata una vera rimessa per carrozze. Qualche decennio fa, era stata ristrutturata fino allo stato attuale.

La cucina era situata dove un tempo c'erano le stalle originali. Finestre erano state costruite dove prima c'erano le aperture delle stalle, offrendo una vista sugli alberi a lato della casa. Un lavello in ardesia era al centro del bancone contro la parete, con un forno a muro incorporato da un lato e il frigorifero dall'altro. Di fronte a quel bancone c'era una piccola isola, con posti a sedere su un lato e il piano cottura al centro. Un tavolo da pranzo si trovava sul retro della casa, rivolto verso l'oceano.

La proprietà della mia famiglia si trovava sull'Oceano Atlantico, un enorme pezzo di terra che oggi probabilmente costerebbe una piccola fortuna. Pavimenti originali in castagno erano lucidati a specchio in tutta la casa. Il soggiorno si trovava dall'altra parte del piano terra, con la televisione montata a parete e il divano ad angolo posizionato in modo da poter vedere la TV da un lato e la vista dietro la casa dall'altro.

Il vecchio fienile al piano di sopra era stato trasformato in due camere da letto con un bagno al centro. Un altro bagno con la lavanderia era verso la parte anteriore della casa-rimessa. Lo spazio appariva aperto e arioso, con molte finestre che lasciavano entrare quanta più luce possibile.

La mia famiglia, i Wicked, aveva fondato Charm Cove alla fine del sedicesimo secolo insieme ai Good. Entrambe le famiglie erano piene di streghe e stregoni. Le nostre due famiglie erano salpate per l'America con sangue celtico, irlandese e francese che scorreva nelle nostre vene. Come molte famiglie immerse nella stregoneria che approdarono sulle coste dell'America, ci eravamo radunati con altre famiglie nella zona di Salem nel Massachusetts. Tuttavia, le nostre due famiglie avevano previsto l'isteria in arrivo prima che raggiungesse il suo picco e ci eravamo deliberatamente allontanati da Salem per evitare quanto stava diventando tossica la situazione.

Di conseguenza, avevamo salvato le nostre famiglie e alcune altre per caso. La voce si diffuse e altre famiglie ci seguirono quassù. North Salem, come era stato inizialmente chiamato in modo informale, divenne Charm Cove durante i Processi alle Streghe di Salem. Considerando che, a quei tempi, un viaggio dal Massachusetts centrale al Maine richiedeva diversi giorni in carrozza, la comunità riuscì a isolarsi in gran parte dagli attacchi puritani e sopravvisse. Nel corso dei secoli, divenne un centro di potere per streghe e stregoni. I nostri segreti erano stati custoditi molto bene, con solo occasionali voci che filtravano nel mondo esterno.

Finora, eravamo riusciti a spazzare via le strane voci che emergevano occasionalmente. Streghe e stregoni erano attratti da Charm Cove per il modo in cui ci proteggevamo a vicenda. Questa notizia non avrebbe aiutato, neanche un po'. Se le margherite avessero continuato a cadere dal cielo e a crescere in modo folle, non pensavo che quella sarebbe stata l'ultima delle storie. Speravo solo che Charm Cove mantenesse il suo bisogno di segretezza con l'avvento di questa pazza esplosione di margherite.

Parlando di storia, i Wicked e i Good, con le loro famiglie estese sparse in tutto il mondo, avevano una volta litigato terribilmente dopo un tradimento. La coppia sposata in questione aveva quasi cercato di uccidersi a vicenda in seguito, portando a una faida centenaria tra le due famiglie. Dopo che ne ebbero abbastanza, due matriarche delle famiglie – una lontana in Europa e l'altra a Charm Cove – avevano lanciato un incantesimo della durata di secoli. L'incantesimo decretava che una volta ogni secolo un Wicked e un Good si sarebbero innamorati e sposati, mantenendo così la pace tra le due famiglie estese e potenti.

All'interno dei vari rami delle nostre famiglie, c'erano centinaia di persone in ogni generazione, ma nessuno sapeva mai chi sarebbe stato colpito fino alla nascita di coloro che erano sotto l'incantesimo. Sapevo fin da quando ero una bambina che ero destinata a sposare Liam. Nonostante un percorso un po' accidentato per alcuni anni, eravamo tornati insieme l'anno scorso. Ora, eravamo fidanzati con il nostro matrimonio programmato per l'estate successiva in Scozia.

Dopo aver preso due bicchieri d'acqua, tornai sul divano, giusto in tempo per la fine della pausa pubblicitaria. Con Ghost che faceva le fusa accanto a noi, ascoltammo il segmento successivo su Charm Cove e il mistero delle margherite.

Lo schermo mostrava Nancy, Chuck e un'altra donna. Nancy sedeva ad angolo rivolta verso entrambi, tutti e tre con sorrisi educati e le mani appoggiate sul tavolo davanti a loro.

Nancy iniziò: «Questa sera, Rachel Martin è con noi. Rachel è un'esperta di storia del New England. Rachel, cosa puoi dirci sulla storia piuttosto insolita di Charm Cove?»

Rachel sorrise e annuì, i suoi capelli castani a lunghezza spalla che rimbalzavano un po' quando muoveva la testa. «Charm Cove ha una storia unica, sebbene gran parte di essa venga liquidata come nulla più che voci fantasiose», disse Rachel, guardando verso Nancy. «Charm Cove è davvero una piccola città incantevole lungo la costa centrale del Maine.»

Dovetti alzare gli occhi al cielo per il suo gioco di parole.

«È conosciuta come una meta turistica amata e ha numerosi piccoli negozi carini». I commenti di Rachel erano intervallati da fotografie di Charm Cove in estate senza le margherite, le strade piene di persone e il sole che brillava luminoso sull'oceano. «È difficile dire perché alcune città siano più popolari di altre, ma questa attira turisti ogni anno. È considerata *la* destinazione principale per i turisti in questa zona. Ottenere prenotazioni negli alberghi qui significa pianificare con un anno di anticipo. Ci sono state voci fin dalla sua fondazione alla fine del sedicesimo secolo che le streghe fossero responsabili della fondazione della città. Nonostante i funzionari abbiano ripetutamente dichiarato che le voci non sono altro che storie sciocche, queste sono persistite nel corso degli anni. Questo evento delle margherite ha fatto riemergere quelle voci. Nessuno sembra sapere come o perché stia accadendo, ma forse è magia», concluse Rachel con un ampio sorriso.

La telecamera si spostò ora su Chuck. Scosse la testa. «Sono più propenso a pensare che la scienza abbia qualcosa a che fare con questo. Possiamo solo sperare che la scienza ci darà le risposte, e ho fiducia che lo farà», disse Chuck. Era sempre lo scienziato, cosa che in questo momento apprezzavo molto. «Nel frattempo, se volete vedere la nuova meraviglia delle margherite del mondo, è meglio che vi rechiate lì mentre le margherite ci sono ancora.»

Con quella piccola nota carina, il segmento finì, e mi girai a guardare Liam. «L'acqua non basta. Ho bisogno di vino», dissi con sincerità. Ero mortalmente seria. L'ultima cosa di cui avevamo bisogno in questo momento erano segmenti di notizie sul fatto che Charm Cove fosse piena di streghe e che in qualche modo la magia stesse causando la caduta delle margherite dal cielo. Anche se sapevo che questa era la causa più probabile, non volevo assolutamente che il mondo lo sapesse.

Liam guardò in basso, i suoi capelli neri che scintillavano alla luce fioca della televisione. I suoi occhi blu incontrarono i miei, luminosi indipendentemente dalla luce. Il mio fidanzato era troppo bello per il suo stesso bene. La mia pancia fece opportunamente un piccolo sobbalzo quando mi sorrise.

«Ce la possiamo fare. Se necessario, useremo la magia per combattere la magia e le voci». Poi, abbassò la testa, chinandosi per catturare le mie labbra in un bacio. Dimenticai opportunamente di preoccuparmi delle margherite e delle voci.

CAPITOLO TRE

Quando mi svegliai il giorno dopo, sperai ardentemente che non ci fossero più margherite, soprattutto che cadessero dal cielo. Niente da fare.

Dopo aver preparato il caffè, uscii sul portico posteriore solo per veder cadere dall'alto una pioggia di margherite, una delle quali mi atterrò sulla spalla e un'altra sul piede. Naturalmente, l'intero portico era coperto di margherite, così dovetti spingerle via mentre camminavo verso la ringhiera.

Il prato sul retro si estendeva dal portico fino all'oceano, con alberi sparsi qua e là e margherite ovunque. Le cime degli alberi erano coperte di margherite, così come ogni pezzo di terreno visibile. Crescevano in folti ciuffi intorno alla terrazza, avvolgendosi lungo la ringhiera e attorno ai tronchi degli alberi. Prima di questo, avevo alcune aree dove le margherite erano piantate e tendevano a crescere selvagge nell'erba alta, ma questo era tutto. Di certo non c'erano state margherite che circondavano la terrazza o gli alberi. A prima vista, si sarebbe pensato che non mi fossi preoccupata di togliere le erbacce per anni.

Ghost venne trotterellando attraverso le margherite. Quando una cadde dal cielo e gli atterrò sulla schiena, balzò di lato, furioso per la scortese interruzione e colpendo la sfortunata margherita quando cadde a terra.

La porta a zanzariera si aprì alle mie spalle. Mi voltai per vedere Liam che usciva, i capelli arruffati dal sonno. Indossava una maglietta sbiadita sopra i pantaloni della tuta, riuscendo in qualche modo ad apparire affascinante anche se si era appena alzato dal letto.

«Continuano a piovere margherite», dissi a mo' di saluto.

Aveva due tazze in mano e si avvicinò alla ringhiera per raggiungermi, porgendone una. Sorridendo, presi un sorso del mio caffè, assaporandone l'amarezza.

«Mio padre ha chiamato. Ci sarà una riunione al faro stasera per discutere di quanto sta accadendo», disse Liam.

«Una riunione è decisamente necessaria», risposi guardandolo da sopra il bordo della mia tazza.

«Devo andare al lavoro presto. Vuoi ancora venire con me?» mi chiese.

«Certo».

Ghost si avvolse attorno ai nostri piedi prima di precipitarsi attraverso la sua porticina per gatti sul portico posteriore e dentro casa. Avrebbe trascorso le sue giornate facendo ciò che gli piaceva, o riposando in casa, o correndo in giro, andando chissà dove nei suoi vagabondaggi. Il suo territorio era piuttosto vasto, visto che poteva procurarsi cibo a casa dei miei genitori nelle vicinanze e nel vecchio cottage del custode dove mio fratello maggiore stava attualmente soggiornando.

Una volta pronti per uscire, Liam ci portò in città dove si fermò davanti a Magic Beans, la mia caffetteria preferita, situata opportunamente dall'altra parte della piazza cittadina rispetto a Persnickety Potions & Gifts. Preferivo una seconda tazza di caffè per aiutarmi ad affrontare la giornata, e in più dovevo prendere qualcosa da mangiare dato che non avevamo avuto tempo per la colazione.

Si sporse verso di me, premendo un bacio sulle mie labbra e salutandomi con un cenno. Mentre attraversavo il marciapiede, non potei fare a meno di notare che la strada era già piena di auto. A quest'ora mattutina, non era tipico. Si sarebbe pensato che fossimo all'apice della nostra stagione turistica estiva quando era solo maggio.

Guardandomi intorno, vidi persone sparse per tutta la piazza cittadina, che scattavano foto alle margherite ovunque. Con un sospiro, mi
misi la borsa a tracolla e camminai sulle margherite sul marciapiede
entrando in Magic Beans. Stavo cercando di non pensare troppo al
fatto che le margherite non sembravano appassire per niente. Il campanello tintinnò mentre la porta si richiudeva alle mie spalle, e il profumo
di caffè e prodotti da forno freschi mi avvolse mentre entravo. La
caffetteria era affollata, con una fila che arrivava fino alla porta e tutti i
tavoli occupati. Addio ai tranquilli minuti con una tazza di caffè e uno
scone.

«Moira!» chiamò una voce.

Guardando avanti, vidi zia Penelope in testa alla fila. I suoi capelli
argentati erano attorcigliati in uno chignon sulla testa. Alta e slan-
ciata, spiccava tra la folla intorno a lei. Indossava una gonna rossa
vivace di cotone trasparente che le turbinava intorno ai piedi. Con
sandali, cavigliere portafortuna, una blusa bianca fluente e braccialetti d'argento che tintinnavano quando muoveva le mani, sembrava
uscita dalle pagine di un catalogo hippie. Se una cosa del genere
esistesse.

«Ti stavo aspettando», aggiunse mentre mi avvicinavo a lei.

Ringraziai la mia buona stella perché, sebbene zia Penelope probabilmente non avesse idea che sarei stata qui questa mattina, stava
pensando rapidamente e mi stava facendo arrivare in testa alla fila. Non
appena la raggiunsi, mi tirò vicino per un abbraccio profumato di
rosmarino. «Sto pianificando di passare dal negozio dopo per preparare
alcune pozioni. Tua madre mi ha detto che saresti stata qui», mi disse
all'orecchio prima di allontanarsi e stringermi le spalle.

Oh, quindi sapeva che sarei stata qui. Penelope non era molto una
pianificatrice, quindi questa era un po' una sorpresa.

«Ho già ordinato il tuo caffè preferito, e ho pensato magari a uno
scone ai mirtilli?» chiese inarcando un sopracciglio.

«Perfetto», risposi.

Il mio amore per tutto ciò che riguardava gli scone era ben noto a
chiunque nella mia famiglia, almeno a quelli che mi erano vicini. Zia
Penelope insistette per pagare e poi infilò il suo braccio sotto il mio
mentre uscivamo. Non aveva senso cercare di sedersi qui. Dato che ero

in anticipo per aprire il negozio, avremmo potuto goderci il caffè e gli scone in pace.

Attraversammo la piazza cittadina, e sono piuttosto certa che siamo apparse in alcune fotografie. C'erano persone ovunque che scattavano foto alle margherite. Con margherite che crescevano dappertutto e occasionalmente cadevano dall'alto, era così ridicolo che dovetti mordermi l'interno delle guance per non ridere della scena.

Beatrice Powers ci salutò con la mano dalla piazza, dove stava guidando il suo gruppo di power-walker. Il suo gruppo si era ampliato a oltre dieci persone dato che la primavera era in piena forza. Beatrice era una buona amica di famiglia, e spesso si fermava a chiacchierare. Sulla novantina, era magra con capelli grigi corti e scintillanti occhi marroni. Era sempre in movimento per la città durante le sue camminate.

L'insegna di Persnickety Potions & Gifts apparve mentre passavamo accanto al grande albero di balsamo al centro del prato. Sembrava decorato in modo ubriaco con margherite disposte disordinatamente su tutto il tronco. L'insegna stravagante del negozio era dipinta con lettere blu e viola. Si trovava in quella che originariamente era una casa di famiglia. La prima generazione dei Wicked a Charm Cove aveva vissuto lì mentre costruivano la grande casa coloniale dove ora vivevano i miei genitori. I miei antenati avevano trasformato il piano terra nel negozio.

Penelope e io abbiamo fatto il giro sul retro del negozio per non attirare l'attenzione al nostro ingresso e per concederci un po' di tempo per goderci il caffè e gli scones. Ho annullato l'incantesimo di protezione sulla porta sul retro prima di sbloccarla. Dopo aver acceso le luci sul retro, ho sbirciato attraverso la tenda di perline verso la parte anteriore per confermare che tutto fosse tranquillo.

Penelope si era già sistemata su uno sgabello accanto al tavolo di lavoro sul retro, posando i nostri caffè e disponendo gli scones sui tovaglioli. Dopo essermi tolta la giacca e aver appeso la borsa, mi sono seduta accanto a lei. «Cosa ti porta qui questa mattina?»

Mi ha lanciato un'occhiata con un sorriso, i suoi occhi verdi scintillanti. «Pensavo di lavorare a qualche pozione per contrastare questa follia delle margherite. Come sai, il potere dei fiori scorre nelle vene dei Good», ha commentato.

«Quindi esiste una pozione per contrastare questo?» ho chiesto prima di prendere un sorso di caffè.

Quasi tutte le streghe e gli stregoni potevano lanciare incantesimi minori per piante e fiori, ma la famiglia Good era nota per avere membri con poteri potenziati.

Penelope ha annuito. «Sì, ci sono alcuni incantesimi e pozioni da provare, ma ho bisogno di un po' di energia extra».

Si è sporta in avanti, esaminando le file di barattoli e bottiglie sulle strette mensole sopra il tavolo di lavoro. Vendevamo molte pozioni camuffate da rimedi a base di erbe. Per non preoccuparti, quelle che vendevamo contenevano solo un tocco di magia, e tutta positiva. Avevamo molti ingredienti per pozioni. Spesso i membri della famiglia e altri passavano a fare un po' di lavoro qui per preparare pozioni. Era semplicemente conveniente.

Dopo che ha selezionato alcuni barattoli, l'ho osservata mettersi al lavoro mentre sorseggiavo il mio caffè e mangiucchiavo il mio scone. Magic Beans faceva scones deliziosi. I mirtilli offrivano piccole esplosioni di dolcezza intensa in mezzo agli altri sapori sottili.

Penelope non passava dal negozio tanto spesso quanto mia zia Lea. Forse perché Lea aveva gestito il negozio per anni e mi aveva passato le redini solo l'estate scorsa quando sono tornata in città.

«Quindi quale incantesimo puoi lanciare?» ho chiesto mentre preparava alcune pozioni.

«Beh, la sfida qui è capire cosa prendere di mira. Ci sono incantesimi che influenzano la crescita dei fiori. Ma...» Ha fatto una pausa, aggrottando la fronte mentre prendeva un sorso di caffè. «Questo è semplicemente strano. Il cielo sta piovendo margherite e stanno crescendo in modo folle. Non credo sia solo un problema di crescita. Quello non è sicuramente il nostro unico problema. Sto cercando di pensare a pozioni e incantesimi che funzionino con il tempo, insieme ad alcuni per modulare la crescita delle piante. È una questione complicata», ha spiegato stringendo le labbra e guardando le erbe che aveva preso dagli scaffali.

«Non c'è dubbio. Qualche idea su chi potrebbe essere responsabile?»

Penelope ha alzato le spalle mentre versava con attenzione del liquido – una quantità molto diluita di alcol che usavamo come base per molte pozioni – in un barattolo. «Non sono sicura. Stavo parlando con tua madre al telefono ieri sera, e stavamo commentando che devono essere alcune streghe e stregoni che lavorano insieme. C'è troppo potere coinvolto».

«Hai visto il notiziario ieri sera?» ho chiesto.

Ha schioccato la lingua e ha cosparso alcuni pezzetti di erbe nel barattolo, avvitando con cura il tappo. «Sì, l'ho visto. *È* vero che c'è un altro incidente documentato in cui è successo questo in Scozia. Ma santo cielo, è stato centinaia di anni fa. Sono sicura che ci sarà molto altro di cui discutere se non riusciamo a controllare queste margherite», ha detto mentre rimetteva i barattoli di ingredienti sullo scaffale sopra e ne tirava giù alcuni altri, continuando il suo lavoro.

Tutto ciò che era conservato qui era meticolosamente etichettato. Penelope ha cambiato marcia mentre passava a mescolare un'altra pozione. «Come procede la pianificazione del matrimonio?»

Per quanto potessi irritarmi con le famiglie mie e di Liam – perché erano curiose come non mai – Penelope era la meno curiosa. Era un po' uno spirito libero con un atteggiamento bonario verso tutto. Non mi dispiaceva rispondere. Non mi sarebbe dispiaciuto rispondere a chiunque, ma collettivamente, le nostre famiglie erano un gruppo invadente e avevano ogni tipo di opinione sul mio imminente matrimonio con Liam. *Era* una cosa importante. Non è che non la prendessi sul serio. Credimi, se fossi preoccupata di mandare a monte il destino, la prenderesti sul serio anche tu.

«Sta procedendo bene», ho detto finalmente. «Non sono sicura di quante persone viaggeranno per il matrimonio, quindi immagino che la festa del prossimo Natale potrebbe essere un evento ancora più grande».

Penelope ha preso un sorso di caffè e si è girata per guardarmi, con uno scintillio negli occhi. «Lo so. Ci sarò, ovviamente, ma devo dire, voi due siete stati intelligenti».

«Davvero?»

«Assolutamente. In questo modo non sarà un grande evento. Sono completamente d'accordo sul fatto che voi due *dovete* sposarvi, ma non riesco a immaginare che la pressione sia piacevole. Grazie al cielo Liam è attraente».

Ho quasi soffocato con il caffè a quella battuta, scuotendo la testa con un sorriso. Un debole rumore di bussare dalla parte anteriore del negozio ci ha raggiunti, e ho guardato l'orologio. «Devo aprire. Puoi rimanere qui dietro per tutto il tempo che ti serve».

Con un cenno, sono passata attraverso la tenda di perline verso la parte anteriore. La disposizione del negozio di regali era piuttosto semplice. L'area posteriore era rivestita di scaffalature e depositi, insieme a un piccolo spazio di lavoro per preparare pozioni ed etichettare oggetti. Attraverso una tenda di perline – sì, una tenda di perline – c'era la parte anteriore del negozio. Appena oltre l'ingresso c'era un bancone espositivo con la cassa da un lato. Un bancone stretto correva su entrambi i lati dell'ingresso contro la parete per avere spazio per lavorare e impacchettare regali secondo necessità.

Le vetrine anteriori del negozio si affacciavano su Charming Way e sul prato della città. Con la cassa su un lato del negozio, il resto dello spazio aperto era riempito con espositori, vetrine di gioielli e scaffali che contenevano vari articoli da regalo. Vendevamo molti regali carini per accontentare i turisti, insieme a pozioni etichettate come rimedi a base di erbe. I gioielli che vendevamo erano leggermente infusi con magia positiva. Tenevamo una serie di altri oggetti carini a tema New Age, tra cui bacchette magiche decorative, carte dei tarocchi e simili.

Mentre il negozio della mia famiglia era in attività da diversi secoli ormai, l'esplosione di interesse per la spiritualità e gli articoli New Age aveva fatto schizzare i profitti alle stelle. Il nostro negozio era simile a molti negozi carini che servivano la clientela dei regali, con l'eccezione che ciò che vendevamo poteva contenere magia reale. Il fatto che i turisti potessero acquistare pozioni come *Love Makes the World Go Round* e *Are You Angry at Someone? Smash This Bottle* e vederle apparentemente funzionare, beh... ci rendeva piuttosto popolari. Molti negozi a Charm Cove erano di proprietà di streghe e stregoni, e tutti facevano uso delle loro abilità uniche per affascinare i clienti.

Affrettandomi verso la porta di vetro all'entrata del negozio, vidi

Beatrice Powers che sorrideva dall'altra parte. La sbloccai e girai il cartello appeso al vetro su *Aperto* mentre accendevo le luci davanti. Beatrice proveniva da una famiglia di streghe molto potente. Non era particolarmente attiva nell'uso dei suoi poteri, sebbene fosse estremamente potente. Tendeva a mantenere un profilo basso, anche se avevo imparato che di solito sapeva praticamente tutto. La sua famiglia si era trasferita a Charm Cove nella prima ondata di famiglie di streghe che avevano seguito i Wicked e i Good qui. Viveva in una delle case originali della sua famiglia all'angolo della piazza cittadina.

Sorrisi mentre aprivo la porta, osservandola scansare con un calcio alcune margherite mentre entrava nel negozio. «Buongiorno di nuovo, Moira». Indossava ancora la sua tenuta da power-walking: leggings in pile aderenti con scarpe da passeggio di alta gamma e una maglietta blu brillante con un gilet leggero in pile grigio. Era davvero elegante.

Il campanello tintinnò mentre la porta si chiudeva dietro di lei. «Buongiorno, Beatrice. Cosa ti porta qui così presto?»

«Pensavo di passare per vedere se sapevi qualcosa. Queste maledette margherite mi stanno facendo impazzire quando cammino. Scricchiolano sotto le mie scarpe e ce ne sono così tante che non posso nemmeno pensare di provare a spostarle. Continuano a caderne altre», spiegò, agitando le mani in aria mentre mi seguiva verso la cassa.

Feci il giro del bancone e accesi il nostro computer mentre la guardavo. «Vorrei sapere qualcosa, ma non so nulla. Hai sentito qualcosa?»

«Solo voci su voci. Andrò a parlare con la madre di Liam questo pomeriggio. Se non l'ha già fatto, ho intenzione di chiederle di iniziare a fare ricerche sulle famiglie di streghe che hanno il più forte potere floreale».

Beatrice si riferiva ad Alice Good. Alice era considerata un'esperta in genealogia di streghe e stregoni, non solo a Charm Cove, ma in tutto il mondo. Spesso sapeva le cose a memoria. Per questioni pertinenti come questa, immaginavo che si sarebbe immersa nei suoi libri di storia per scavare a fondo. Aveva registri che erano stati conservati dai suoi antenati nel corso dei secoli. Tutto era documentato sugli alberi genealogici delle streghe e sui poteri che tramandavano attraverso le famiglie.

Il potere floreale, come ho già accennato, era piuttosto comune. Ma qualunque cosa stesse accadendo con le margherite in questo momento era più di un semplice potere floreale. C'era molto di più coinvolto nel far piovere fiori dal cielo.

«Hai intenzione di andare al faro stasera?» chiesi a Beatrice.

«Certamente, cara. Non mi perderei un incontro del genere».

Indicando oltre la mia spalla, dissi: «Anche Penelope è qui. Sta lavorando ad alcune pozioni per vedere se può contrastare qualunque cosa stia accadendo. Pensa che chiunque abbia fatto questo stia usando una combinazione di potere floreale e potere meteorologico».

Beatrice annuì, inarcando un sopracciglio. «Penelope ha avuto la giusta intuizione. Sono d'accordo». Beatrice si sporse in avanti sopra il bancone, abbassando la voce. «Sono solo un po' preoccupata che Penelope cerchi di contrastare questo. Sai quanto possono diventare bizzarri i suoi incantesimi».

Trattenni una risata. Penelope, per quanto cara, si era divertita molto durante l'epoca d'oro degli anni '60 e '70, provando ogni droga che le capitava a tiro. O almeno così mi avevano raccontato, visto che è successo prima che io nascessi. Di conseguenza, a volte la sua magia era un po' instabile. La teoria su come fosse successo era che nel bel mezzo di tutti i festini a cui aveva partecipato, Penelope aveva esagerato un po' con la magia, influenzando permanentemente la magia stessa. Detto questo, era ancora piuttosto potente.

Incontrai lo sguardo di Beatrice e scrollai le spalle. «Speriamo per il meglio. Di solito non succede niente di male», suggerii con un'alzata di spalle.

Beatrice ridacchiò. In quel momento, Penelope attraversò la tenda di perline, rivolgendo un ampio sorriso a Beatrice. «Bene, ciao Beatrice, come stai?»

«Abbastanza bene. Ho sentito da Moira che hai alcune idee sulla combinazione di poteri usati per creare questo pasticcio di margherite. Penso che tu sia sulla strada giusta. Fiori e tempo atmosferico». In quel momento entrò un altro cliente, e Beatrice cambiò rapidamente argomento iniziando una conversazione innocua sulle margherite.

Nel giro di pochi istanti, il negozio si riempì di turisti. Non c'era

decisamente più tempo per chiacchierare. Penelope e Beatrice uscirono insieme con un cenno di saluto mentre se ne andavano. Mi chiesi
quando Penelope avesse intenzione di provare a lanciare qualunque
combinazione di incantesimi e pozioni avesse creato. Speravo certamente che funzionasse.

CAPITOLO QUATTRO

La giornata passò velocemente. Riuscii a malapena a respirare, figuriamoci a fare una pausa. Persnickety Potions & Gifts era letteralmente preso d'assalto. Sembrava di essere nel pieno dell'estate, durante il giorno più affollato dell'anno.

Le mie giovani cugine gemelle, Celia e Delia, vennero quel pomeriggio dopo la scuola per dare una mano. Erano le mie uniche dipendenti. Come me e molti altri cugini, avevano trascorso gran parte della loro infanzia entrando e uscendo dal negozio. Dato che avevano lavorato per loro madre, Lea, quando gestiva il negozio prima di me, la transizione a lavorare per me era stata piuttosto fluida.

Come gemelle identiche, avevano gli stessi capelli neri, scintillanti occhi azzurri e guance rosa e tonde. Erano troppo carine per il loro bene. A quattordici anni, entrambe mostravano occasionalmente un carattere ribelle, ma erano di buon cuore e dolci la maggior parte del tempo. Le gemelle erano le più giovani della nostra generazione e tendevano ad essere coccolate di conseguenza.

Quel pomeriggio arrivarono al bancone senza fiato. «Le margherite continuano ad arrivare», spiegò Delia.

«E ora ce ne sono di rosa», aggiunse Celia.

«Cosa?» risposi.

«Proprio come ha detto lei», disse una cliente mentre si avvicinava al bancone. «Adesso cadono anche margherite rosa». La donna poi mi porse una margherita rosa sopra il bancone con un largo sorriso.

Deglutii e riuscii a ricambiare il sorriso. «Wow. Che bella».

Tenni per me la mia preoccupazione successiva. Temevo che qualunque cosa avesse fatto Penelope avesse in qualche modo reso rosa le margherite, perché era esattamente il tipo di cosa che andrebbe storta con uno dei suoi incantesimi. Con una scrollata mentale, mi concentrai sulla cliente, registrando rapidamente l'acquisto e chiacchierando educatamente del tempo, delle margherite e di altri negozi in città.

Celia e Delia mi passarono accanto dietro al bancone per riporre gli zaini sul retro e tornarono in negozio per aiutare con i clienti. La loro presenza mi diede un po' di respiro. Io presidiavo la cassa mentre loro serpeggiavano tra gli espositori e i gruppi di clienti, disponibili a rispondere alle domande e ad aiutare a trovare gli articoli. Durante un breve momento di calma alla cassa, presi il telefono e mandai velocemente un messaggio a mia cugina Emma. Emma era la sorella maggiore di Celia e Delia.

Hai visto le margherite rosa? OMG.

La risposta di Emma fu rapida. *Oh sì. Ora Charm Cove non è solo coperta di margherite, ma è coperta di margherite rosa. Che Dio ci aiuti tutti.*

Soffocai una risata. *Ci vediamo stasera al faro?*

Certo. Non vedo l'ora. ;)

Posando il telefono, sorrisi mentre una cliente si avvicinava con un anello portafortuna che una delle gemelle l'aveva aiutata a scegliere. La donna lo posò sul bancone, sorridendomi. «Mia figlia lo adorerà. Mi piace molto quella bella pietra blu al centro».

«È un anello adorabile», risposi.

«Ho sentito dire che i gioielli qui sono molto speciali», disse la donna, sporgendosi in avanti e parlando con tono cospiratorio.

Mantenni il mio sorriso neutro. «Beh, certamente cerchiamo il meglio per i nostri clienti. Lavoriamo direttamente con i gioiellieri, principalmente nella zona di Portland, ma anche in alcuni altri luoghi. Spero che a sua figlia piaccia. Desidera che lo impacchetti?»

Non avevo alcuna intenzione di condividere il fatto che l'anello era stato imbevuto di un incantesimo per sollevare l'umore di chi lo indossa. Era del tutto superfluo. Al suo cenno, incartai l'anello in una scatola decorativa e congedai la cliente con un saluto dopo che ebbe pagato.

Mentre la guardavo uscire dalla porta, il mio sguardo si spostò oltre lei verso il prato della piazza dall'altra parte della strada. Lo spesso strato di margherite bianche sul terreno ora aveva margherite rosa mescolate tra le altre. Volevo ridere istericamente, eppure non riuscivo a scrollarmi di dosso la preoccupazione.

Charm Cove aveva lavorato per secoli per mascherare la presenza delle molte streghe e stregoni che vi risiedevano. In tempi di conflitto, o quando le voci correvano incontrollate, avevamo usato i nostri poteri per nascondere la nostra stessa esistenza. Nonostante la recente popolarità di tutto ciò che è soprannaturale e di persone che fanno cose a caso per entrare in contatto con i loro "veri" poteri, sapevo che non saremmo stati al sicuro se la nostra città avesse attirato troppa attenzione.

Con le margherite che crescevano come pazze e piovevano dal cielo, era chiaro che le voci si stavano già diffondendo. Questo evento avrebbe solo alimentato vecchie voci e miti e attizzato le fiamme del pettegolezzo.

Dopo aver chiuso il negozio, lanciai un incantesimo di protezione sulle entrate anteriori e posteriori e attesi Liam davanti all'ingresso. Celia e Delia sarebbero venute con noi al faro. I loro genitori le avrebbero riportate a casa da lì. Delia raccolse alcune margherite dal marciapiede - ne aveva centinaia tra cui scegliere - e le intrecciò in una piccola corona. Se la mise in testa con un sorriso.

«Vedi?» disse alzando le mani e girando su se stessa.

Celia ridacchiò e raccolse il suo mazzo di margherite, che intrecciò in una treccia nei suoi capelli. Tutto quello che potevo fare era ridere, anche se fu di breve durata. Ero contenta che trovassero un po' di gioia. Non volevo rovinare il loro divertimento, ma non riuscivo a impedire che la mia preoccupazione tornasse prepotentemente nei miei pensieri. Anche se la situazione delle margherite non sembrava causare danni a nessuno, dovevamo sapere cosa stava succedendo.

Delia abbassò le braccia, il suo sguardo si fece serio. «Sembri preoccupata. Proprio come la nostra mamma. Come mai?» chiese. «Le margherite non stanno facendo male a nessuno».

Scrollai le spalle. «Hai ragione, le margherite non stanno facendo male a nessuno, ma dobbiamo stare attenti. Questo sta attirando molta attenzione su Charm Cove».

Celia sospirò, con aria cupa. «A volte è difficile essere una strega. Dobbiamo mantenere molti segreti».

«Lo so. Credimi, lo so» risposi.

Anche se la folla per le strade si era un po' diradata, c'erano ancora molte persone che vagavano senza meta. Ristoranti e caffè erano ancora aperti, e alcuni negozi avevano deciso di rimanere aperti per sfruttare l'inaspettato afflusso di gente.

Vidi l'auto di Liam che avanzava lentamente lungo la strada, evitando con attenzione i turisti che ignoravano allegramente le strisce pedonali. Si fermò dolcemente proprio davanti a dove stavamo aspettando sul marciapiede. Una volta salite, Liam si sporse sul sedile per darmi un bacio sulla guancia prima di mettere la marcia e procedere lungo Charming Way.

Quando raggiunse lo stop prima di svoltare sulla strada che costeggiava la costa e ci avrebbe portato al Faro di Beacon's Charm, ci fu un'esplosione di margherite rosa dal cielo. Piovvero sull'auto. Liam incrociò il mio sguardo, scuotendo la testa mentre azionava i tergicristalli per liberare il parabrezza.

CAPITOLO CINQUE

Dopo un breve tragitto in auto, ci fermammo davanti al faro, parcheggiando dall'altra parte della strada. Il faro aveva margherite sul tetto, alcune delle quali volarono via con una folata di vento proveniente dall'oceano. Dopo che Liam ebbe parcheggiato, mi fermai fuori dal faro per ammirare il panorama. Il terreno era decorato di rosa e bianco. Le margherite coprivano la sabbia e ondeggiavano tra le onde al limite della riva, diradandosi solo a circa sei metri nell'acqua.

«Vorrei che l'oceano fosse abbastanza caldo per nuotare», disse Celia fermandosi accanto a me.

«Siamo solo a maggio, Celia. Aspetta ancora un mese o due», risposi.

Liam ridacchiò, prendendo la mia mano nella sua mentre ci voltavamo ed entravamo, salendo la scala a chiocciola fino alla cima del faro.

Il faro era stato di proprietà congiunta delle famiglie Wicked e Good per circa un secolo. Prima di ciò, era passato di mano tra le due famiglie diverse volte. Era stato dichiarato monumento nazionale, anche se lo gestivamo in un trust privato per mantenere protetto il terreno. Era un faro ufficiale e funzionante. Eravamo tutti sollevati che il trambusto delle festività con l'incantesimo del faro spezzato fosse risolto.

Quando raggiungemmo il piano superiore, trovammo già parecchie persone. Il faro era un luogo di ritrovo comune ogni volta che avevamo bisogno di discutere di questioni private tra famiglie di streghe. Il faro era stato costruito dalla famiglia Wicked, con ogni materiale dell'edificio intriso di magia. Con quella quantità di potere nella sua costruzione, qualsiasi incantesimo lanciato al suo interno o nelle vicinanze aveva immensamente più potere del solito. Quando avevamo riunioni come questa, potevamo lanciare incantesimi di protezione per proteggere le informazioni e avere fiducia che avrebbero retto.

Guardandomi intorno, vidi i miei genitori seduti in un paio di sedie vicino all'entrata, che parlavano con Opal Good, una delle zie lontane di Liam, e suo marito, Theo. Penelope stava servendo punch a tutti da un tavolo sistemato in un angolo. Lea e Jacob erano seduti da soli a parlare tranquillamente. Lea si alzò quando vide Celia e Delia e si affrettò ad abbracciarle.

«Salve, ragazze», disse, lanciando un sorriso e mandando un bacio verso Liam e me.

Stava per dire altro, ma fu interrotta da Beatrice Powers che entrava nella stanza dietro di noi. «Salve, Beatrice», disse, con l'attenzione immediatamente distratta.

Zoe era in un angolo con Emma e il suo ragazzo, Jackson. Liam mi prese di nuovo la mano e mi condusse in quella direzione. Sedendomi sulla sedia accanto a Zoe, mi guardai intorno prima di guardare tra Emma e Zoe. «Beh, si sta riempiendo velocemente. Ci sono novità?»

Emma scrollò le spalle, mentre Zoe rispose: «Dipende da cosa consideri una novità. La teoria attuale è che Louise – sai quella vecchia strega che vive quasi fuori città?» Al mio cenno, continuò: «Beh, apparentemente è stata ossessionata dalle margherite per anni. Quindi tutti pensano sia lei. Non per essere difficile, ma credo che abbiamo bisogno di più indizi.»

Emma alzò gli occhi al cielo. «Non so nemmeno perché stiamo facendo questa riunione. Sarà un mucchio di persone che parlano quando non sappiamo nulla. Decideremo tutti di incontrarci di nuovo dopo aver raccolto più informazioni.»

Liam intervenne: «Questo presupponendo che nessuno abbia ancora informazioni.»

Dopo che altre persone filtrarono nel faro, Opal si posizionò davanti alla sala, fischiando per far tacere tutti. Oltre a un numero di Wicked e Good dai vari rami delle nostre famiglie, diversi altri streghe e stregoni si erano uniti al raduno, inclusi i Bishop che gestivano il giornale locale e la tipografia della città, The Ink Spot, e uno dei Levesque, un parente lontano di Daniel. Mentre il capo della polizia di Charm Cove non aveva poteri soprannaturali, era imparentato con parecchie streghe e stregoni. Anche la madre di Zoe, Bets Baker, era presente, insieme a Tom Lewis, il vecchio stregone che recentemente ci aveva aiutato a risolvere i problemi relativi ai furti di linfa di acero.

Dopo un po' di mormorii, tutti si calmarono. «Dunque», iniziò Opal, con tono deciso, «nel caso qualcuno non l'avesse notato, la città è coperta di margherite e ora stanno diventando rosa. Inutile dire che sono sicura che siamo tutti un po' preoccupati per l'attenzione che la nostra città sta ricevendo. Ora abbiamo i notiziari locali e nazionali che discutono della presunta reputazione mistica di Charm Cove.»

Penelope alzò rapidamente la mano. Opal, che tendeva a gestire questi incontri come una maestra di scuola, annuì. «Sì, Penelope?»

«Pensavo di dover annunciare che credo di essere io la ragione per cui le margherite sono diventate rosa», rispose Penelope con un sorriso caloroso.

Ci furono alcune risatine e mormorii tra il gruppo, ma Opal lanciò uno sguardo severo sulla stanza prima di tornare a guardare Penelope. «Cosa è successo, Penelope?»

«Come può confermare Moira, sono passata dal negozio questa mattina perché pensavo di poter provare un incantesimo per contrastare le margherite. Come sapete, la nostra famiglia ha molto potere sui fiori. Ho pensato che qualunque cosa stia causando questo deve essere un incantesimo combinato – qualcosa che ha a che fare con i fiori e il tempo. Non vedo altro incantesimo che potrebbe creare questo problema. Dopo aver mescolato alcune pozioni da abbinare a un incantesimo, l'ho lanciato. Nel giro di un'ora o due, le margherite hanno iniziato a diventare rosa.» Incrociò le mani in grembo e alzò le spalle con un sorriso contrito.

Non c'era modo di sapere con certezza se fosse stato quello a far diventare rosa le margherite, ma era esattamente il tipo di cosa che tendeva a succedere quando Penelope usava la magia. Funzionava, solo non sempre nel modo previsto.

Opal annuì di nuovo. «Bene, grazie. Immagino che possiamo essere tutti felici che dal tuo incantesimo non sia derivato alcun danno. Devo dire però che credo tu sia sulla strada giusta per quanto riguarda qualunque incantesimo sia stato lanciato per far accadere tutto questo. Presumo che nessuno di noi abbia avuto a che fare con questo, altrimenti non saresti qui. Naturalmente, abbiamo invitato solo persone che sapevamo essere affidabili, e non dovevamo preoccuparci che potessero esserci strani affari magici in corso. Qualcuno ha suggerimenti? Ora è il momento di farsi avanti se avete sentito voci, o se avete qualche idea su chi potrebbe aver voluto fare questo e perché».

Lea si alzò per raggiungere Opal davanti a tutti. Tendevano a spingersi avanti e indietro su chi dovesse condurre questi incontri. Non potevo immaginare che Lea permettesse a Opal di gestire tutta la faccenda. I capelli di Lea, ormai quasi completamente argentati, erano sciolti questa sera, anziché nella sua solita treccia. Era vestita nel suo modo tipico con una camicetta bianca sopra una gonna lunga e aderente. Indossava pratici stivali da passeggio in pelle. Il suo gruppo di braccialetti tintinnò quando alzò le mani per parlare.

«Penelope mi ha parlato delle sue idee. Sono d'accordo che deve trattarsi di una combinazione di potere floreale e meteorologico. Dobbiamo individuare chi potrebbe avere abbastanza potere per realizzare una cosa del genere. È un po' scomodo avere margherite dappertutto, ma a parte questo non sembra esserci alcun danno. La mia preoccupazione maggiore è l'attenzione che la città sta attirando e le domande sulla nostra storia», spiegò Lea.

Una delle Levesque prese la parola. «È vero, ieri sera è stato trasmesso su due canali nazionali. Non so nemmeno cosa pensare di questo. Sui social media...» Si fermò per guardarsi intorno. «A proposito, ho account sui social media e ci faccio attenzione. Comunque, Charm Cove è stata soprannominata la Meraviglia delle Margherite del Mondo, la nuova ottava meraviglia del mondo. Ci sono meme e fotografie ovunque. Mentre sono d'accordo che le margherite rosa non sono più preoccupanti di quelle bianche, ora sembra che la nostra città sia stata immersa nel rosa».

Opal annuiva, così come Lea. «Siamo tutti d'accordo. È ovunque nei notiziari. Cento anni fa, saremmo forse stati in grado di gestire la situazione e mantenerla a livello locale, ma ci sono giornalisti che arrivano a Charm Cove da ogni parte».

Un'altra mano si alzò, questa appartenente a mia madre, Camille Wicked. Mia madre proveniva da una lunga stirpe di streghe e si era unita ai Wicked quando aveva sposato mio padre, Gabriel. Guardando attraverso la stanza, vidi mio fratello maggiore, anche lui Gabriel, entrare dalla porta. Tagliò intorno alle sedie sul retro per scivolare in una sedia accanto a Liam.

«Sì, Camille?» chiese Lea.

«Alice non è qui, ma dobbiamo chiederle di esaminare tutti i suoi registri riguardo quali famiglie possiedono questi due poteri. Qualunque cosa sia, è un incantesimo niente male. Non credo che sia stato lanciato da una sola persona».

Opal annuì solennemente. «Sono completamente d'accordo. Anche in un'area piccola, ci sarebbe voluto molto potere. Ma questo va avanti da tre giorni ormai. Se continua così, dovremo usare gli spazzaneve della città per liberare le strade dalle margherite. Su alcune delle strade secondarie meno trafficate, le margherite sono spesse diversi centimetri».

Celia alzò la mano, e potevo vedere le domande praticamente vorticare negli occhi di sua madre. «Sì, cara, cosa c'è?» chiese Lea.

«Beh, quando eravamo a scuola oggi, una delle ragazze ha detto che sua nonna adora le margherite. Pensate che potrebbe aver fatto questo solo perché ama le margherite? Ha persino detto che le piace vederle ovunque».

«E chi sarebbe?» chiese Lea.

«Quella signora Louise, lontana dal centro città. Non viene più in città», aggiunse Celia.

Tom Lewis era seduto accanto alle gemelle. Si sporgeva verso di loro, e potevo vederlo dire qualcosa alle ragazze. Lo ammiravano molto, dato che stava insegnando loro magie più avanzate.

La conversazione continuò con altri sospetti proposti, tra cui Isobel Martin. Con così tante persone che parlavano, persi traccia del motivo per cui qualcuno la sospettava, ma sentii di dover intervenire. Alzando la mano, attesi finché Opal mi notò. «Sì, Moira?»

«Ho sentito menzionare il nome di Isobel. Non credo che Isobel abbia abbastanza potere per far accadere questo. È vero che è ossessionata dal giardinaggio e pensa di avere il potere floreale. Ma in realtà non ne ha molto, e non è molto abile nell'usarlo», spiegai.

Isobel Martin era un tipo amichevole e aveva sempre il naso in tutto. Era una strega, ma veniva da una famiglia con poco potere. Il suo potere floreale - se si voleva chiamarlo *potere* - era tale che quando lavorava con il circolo di giardinaggio locale, era più probabile che uccidesse le piante piuttosto che farle crescere.

Lea sospirò e annuì lentamente. «È vero. Non riesco a immaginare Isobel realizzare qualcosa del genere».

«A meno che non stesse lavorando con qualcun altro», aggiunse Opal.

La discussione continuò con varie teorie e speculazioni scambiate. Al termine della riunione, ad alcune persone furono assegnati vari compiti investigativi, per così dire. Naturalmente, Alice Good aveva già iniziato la sua ricerca, secondo Liam. Stava frugando tra pile di antichi documenti sulle famiglie di streghe e i poteri che si trasmettevano attraverso le generazioni. Sembrava che l'attenzione si fosse concentrata su Louise e Isobel. Non riuscivo ancora a credere che Isobel avesse qualcosa a che fare con questo, ma non volevo escludere immediatamente la possibilità.

Quando io e Liam tornammo a casa quella sera, Ghost ci accolse nel suo solito modo, saltando giù dalla mensola sopra la porta per rimbalzare sulla spalla di chiunque fosse più vicino. Questa sera, capitò che fossi io. Dopo essere atterrato sul pavimento, girò su se stesso, la coda che si muoveva avanti e indietro sul lucido pavimento di legno. In quel momento, aveva una margherita viola in bocca.

«Oh mio Dio», mormorai, guardando verso Liam. «Ora sono anche viola».

CAPITOLO SEI

La mattina seguente, dopo un caffè con Liam e dopo aver preso uno scone da Magic Beans, arrivai al negozio per scoprire che uno degli scaffali nell'area del magazzino sul retro era caduto. Misi in ordine e mi diedi da fare, pensando che sarei andata al negozio di ferramenta quel pomeriggio dopo l'arrivo dei gemelli per darmi supporto.

C'erano ancora margherite ovunque, e c'erano ancora più turisti che entravano e uscivano dal negozio affollando le strade. Mentre aspettavo tra un cliente e l'altro, controllavo occasionalmente le notizie al computer. Fotografie di Charm Cove campeggiavano sulle prime pagine della maggior parte dei principali siti di notizie. La voce si era diffusa e le margherite non accennavano ad andarsene. Continuavano a verificarsi piogge di margherite ogni pochi minuti.

Una volta che i gemelli arrivarono per il pomeriggio, mi diressi a Hardware Charm per raccogliere ciò di cui avevo bisogno per montare di nuovo lo scaffale. Spingendo la porta principale, feci un respiro profondo quando entrai. Questo negozio, come quasi tutti quelli nel centro di Charm Cove, era ospitato in una vecchia casa. Il piano terra era stato trasformato nel negozio di ferramenta con un piccolo B&B al piano di sopra. I proprietari lo affittavano durante il periodo più intenso dell'estate.

Qualcosa in quello spazio mi faceva sentire come se stessi tornando indietro nel tempo. Il pavimento originale in legno massello e il soffitto in stagno pressato erano ancora lì, con un ventilatore a soffitto che girava pigramente sopra. I proprietari avevano persino conservato gli scaffali originali del negozio da quando era stato costruito, oh, un paio di centinaia di anni fa. Gli scaffali erano di quercia, quindi erano molto robusti, sbiaditi e lucidati fino a brillare dopo così tanti anni di utilizzo.

Agganciando un cestino al braccio, vagavo tra i corridoi. Mentre giravo in un altro corridoio, guardai avanti e vidi Isobel Martin. Per qualche motivo, tendevo a incontrarla qui. Aveva sempre qualche piccolo progetto in corso. Questo era il tipo di negozio di ferramenta dove avevano praticamente tutto.

Isobel si girò, guardando nella mia direzione, con un sorriso che le si allargava sul viso quando mi vide. «Ciao, Moira! Cosa ci fai qui?»

Mi fermai accanto a lei che, per caso, si trovava davanti alla selezione di viti, proprio dove dovevo essere io. «È caduto uno scaffale nella nostra area di stoccaggio sul retro, quindi devo ripararlo. Nulla di grave. Fortunatamente, il cartongesso non è stato danneggiato», spiegai.

Gli occhi marroni tondi di Isobel si incresparono agli angoli con il suo sorriso. Con i suoi capelli castani ricci e corti, i suoi occhi marroni e la sua corporatura leggermente rotonda, emanava un'aria calorosa. A Isobel piaceva ficcare il naso in tutto, e si mise subito all'opera.

«Allora, cos'hai sentito?» chiese, sporgendosi in avanti e parlando con un sussurro teatrale. Sembrava completamente ignara del fatto che il suo sussurro fosse abbastanza forte da essere udito da chiunque intorno a noi. Fortunatamente, non c'era nessuno nelle vicinanze.

«Non molto. E tu?»

Sebbene dubitassi seriamente che Isobel avesse qualcosa a che fare con questo pasticcio di margherite, lo tenni a mente. Era così impegnata a voler sapere tutto, che non mi avrebbe sorpreso se si fosse lasciata sfuggire qualcosa se avesse avuto qualcosa a che fare con questo.

«Ci sono margherite ovunque, ed è una follia. Ieri sono diventate rosa e poi questa mattina ne ho vista una viola. Non so nemmeno cosa pensare», disse, alzando le sopracciglia così in alto che quasi scomparvero dietro l'attaccatura dei capelli.

«Lo so. È certamente strano. E ora Charm Cove è su tutte le notizie. Questo mi preoccupa».

Isobel sembrava un po' confusa, così spiegai meglio. «Sai, ci sono cose che preferiremmo tenere sotto traccia».

A Isobel piaceva sentirsi inclusa nella comunità delle streghe. Era una strega e aveva molte streghe nella sua famiglia, eppure nel corso degli anni, erano rimasti tutti a un livello piuttosto basso nei loro poteri. Le streghe potevano acquisire e far crescere i poteri, ma dovevano dedicarsi a questo. In genere, le famiglie che diventavano sempre più potenti lo mantenevano nel corso dei secoli. Altri semplicemente non avevano mai avuto la disciplina per salire di livello, per così dire.

La consapevolezza sorse negli occhi di Isobel, e annuì saggiamente come se avesse capito fin dall'inizio ciò che intendevo. «Oh sì, hai ragione. Non ci avevo pensato molto. Pensavo fosse divertente che fossimo su tutte le notizie».

La sua risposta mi fece riflettere. Isobel non aveva un briciolo di cattiveria nel corpo, a meno che non si contasse l'essere ficcanaso. Tuttavia, aveva sempre desiderato essere migliore con il suo potere floreale. Non sembrava aver capito che doveva esercitarsi - molto - per far sì che ciò accadesse. Non potevo fare a meno di chiedermi se avesse accidentalmente provato un incantesimo, e se le margherite completamente impazzite fossero il risultato. Ciò significava anche il potere meteorologico, che era molto più complesso del potere floreale. Non riuscivo a credere che Isobel sapesse qualcosa sul potere meteorologico. Questo o la escludeva completamente, o indicava che era stata abbastanza pazza da provare un incantesimo che era andato terribilmente storto.

«Se rimaniamo sulle notizie, potremmo avere un problema».

«Oh mio Dio». Si mise la mano sul cuore, il suo sguardo divenne solenne. «Come fermiamo le margherite?»

«La tua ipotesi è valida quanto la mia. Fammi un favore però. Se senti qualcosa, per favore passa dal negozio e fammelo sapere, ok?»

Isobel annuì e mi strinse il braccio. «Certamente. Hai la mia parola. A proposito, ci sono novità sui preparativi del tuo matrimonio? Sto verificando se posso permettermi i biglietti per la Scozia», disse con un sorriso piuttosto entusiasta.

I matrimoni per streghe e stregoni a Charm Cove erano essenzialmente inviti aperti. Supposi che la stessa supposizione venisse fatta anche se il nostro matrimonio era previsto in Scozia. Non mi dispiaceva se Isobel fosse venuta, ma mi sorprendeva certamente.

«Oh davvero? Ci farebbe piacere. Tutti sono benvenuti».

«Tienimi aggiornata. Se non riesco a venire, voglio foto, tantissime foto», disse, agitando il dito verso di me. «Devo andare, cara. Devo tornare a casa e preparare la cena». Detto questo, prese una piccola scatola di chiodi e poi si affrettò via.

Dopo aver raccolto ciò che mi serviva per gli scaffali, tornai al negozio, chiedendomi cos'altro avremmo sentito riguardo alle margherite nei giorni a venire. Durante il mio ritorno, evitai i turisti e mi feci strada con attenzione tra le margherite sui marciapiedi. Si stavano accumulando nei canali di scolo, e vidi uno dei camion della nostra città fare il giro per rimuoverle. Immaginai che non avessero mai pianificato di usare gli spazzaneve per ripulire le margherite.

Mi fermai sul marciapiede della piazza cittadina di fronte a Persnickety Potions & Gifts, aspettando che passassero diverse auto. «Moira Wicked!» chiamò una voce.

Guardandomi intorno, i miei occhi si posarono sul reporter che avevo visto l'altro giorno. Dale salutò con la mano, e io ricambiai il saluto, ordinando a me stessa di rimanere esattamente dov'ero finché non mi avesse raggiunta. Per quanto volessi ignorarlo, sapevo che era più importante per noi controllare la narrativa nelle notizie. Avremmo avuto molti più problemi se avessimo scelto di ignorarla.

«Salve, salve, Moira», disse quando si fermò davanti a me, sistemando la cinghia della sua fotocamera sulla spalla.

«Ciao», dissi educatamente. «Come sta, Dale?»

«Bene, bene», rispose mentre prendeva il suo telefono e scorreva alcuni appunti. «Le dispiace se La registro?» chiese, alzando rapidamente lo sguardo e spingendo gli occhiali sul naso.

Rimasi momentaneamente spiazzata, anche se avrei dovuto aspettarmelo. Decisi di assecondarlo. «No, certamente. In cosa posso aiutarLa?»

Dale toccò alcune icone sullo schermo del telefono e poi lo tenne sollevato tra noi. Presupposi che avesse iniziato a registrare.

«Tanto per cominciare, vorrei chiederLe la Sua opinione sulle voci secondo cui Charm Cove è piena zeppa di streghe e stregoni. Mi rendo conto che la domanda possa sembrare ridicola, ma ci sono alcune dicerie su questa città. Considerando che ci sono margherite ovunque, sono sicuro che converrà che sia piuttosto strano. Mi piacerebbe sentire il Suo parere a riguardo.»

Mantenni un'espressione volutamente neutra e sorrisi educatamente. «Beh, penso che sia certamente una voce divertente. Noi che siamo di Charm Cove amiamo la nostra storia stravagante. Non c'è modo di saperlo con certezza, vero? Per quanto mi riguarda, credo sia solo un piccolo divertimento. È come quando si sente parlare di case infestate e cose del genere.»

Dale annuì, sembrando un po' insoddisfatto della mia risposta vaga. Dopo un altro momento, chiese: «Cosa pensa del fatto che questa città abbia famiglie con i cognomi Wicked e Good? Lei è una Wicked. Cosa sa sull'origine di questi cognomi?»

Mi era già stata posta questa domanda, quindi avevo una risposta preparata. «I registri della nostra città mostrano che le due famiglie divennero amiche secoli fa. I nomi sono variazioni di nomi francesi e celtici. A quanto pare le famiglie pensarono che fosse un po' divertente e nulla di più.»

Ok, questa era una bugia bella e buona, ma andavo avanti così.

Dale annuì e continuò con le sue domande. «E riguardo alle voci su diverse famiglie qui originarie di Salem, Massachusetts, che si sarebbero trasferite qui per sfuggire all'isteria delle streghe di quel periodo?»

Un'altra domanda che avevo sentito prima. Non da un reporter, per così dire, ma da persone curiose sulla storia di Charm Cove.

«Come sa, almeno per quanto ci dicono i libri di storia, le famiglie si stavano espandendo in tutto il New England durante quell'epoca. Ovviamente, io non ero viva in quel periodo, ma non è particolarmente insolito che le famiglie dal Massachusetts si siano stabilite fino al Maine. È bellissimo qui e l'esplorazione era comune in quel periodo. Di certo non so nient'altro oltre a questo. Ho sentito la stessa voce. Forse Charm Cove è stata un po' troppo tollerante nel favorire queste storie perché sono un po' divertenti», spiegai. Riuscii a scrollare le spalle e a sorridere di nuovo in modo neutro.

Ancora una volta, Dale sembrava insoddisfatto della mia risposta, ma non abboccavo all'esca e non offrivo altro. «Cosa pensa abbia causato queste margherite?»

Mentre parlava, apparve un altro reporter con una telecamera, in concomitanza con una raffica di margherite che cadevano dal cielo, un mix di bianche, rosa e alcune viola.

Mio Dio.

«È un mistero tanto per i residenti di Charm Cove quanto per tutti gli altri», dissi, imprecando mentalmente contro le margherite con un sorriso educato incollato sul viso. «Se non Le dispiace, in realtà devo andare al lavoro.»

Dale mi ringraziò, e io proseguii per la mia strada, tenendo la bocca ben chiusa. Avevamo bisogno che queste margherite *smettessero* di cadere dal cielo il prima possibile.

Pregai che i reporter riuscissero in qualche modo a evitare alcune delle persone più inclini alle teorie del complotto che vivevano a Charm Cove. Sebbene streghe e stregoni fossero una maggioranza in città, c'erano residenti che non avevano assolutamente poteri soprannaturali. Alcuni di quelli che non ne avevano conoscevano la nostra esistenza ed erano amichevoli verso la nostra presenza, mentre altri avevano ogni tipo di teoria malvagia su di noi e rimanevano in città solo perché l'economia era fiorente e volevano trarne profitto. Non si chiedevano mai perché la nostra economia fosse sempre fiorente, indipendentemente da ciò che accadeva altrove.

A volte volevo dargli una lezione e spiattellare la vera verità su quanto fossero fortunati. A loro insaputa, erano benedetti dalla magia di streghe e stregoni che concedevano loro una grande fortuna di cui si prendevano tutto il merito. Ma non l'ho mai fatto. Sapevo che era meglio tenere la bocca ben chiusa.

Facendomi strada tra i turisti che affollavano le strade e scalciando via le margherite mentre lo facevo, tornai alla porta di Persnickety Potions & Gifts, entrando per trovare il negozio affollato. Correndo sul retro, lasciai gli articoli di Hardware Charm e tornai immediatamente in prima linea per aiutare i gemelli.

CAPITOLO SETTE

La sera seguente, senza aver fatto progressi nello scoprire chi fosse responsabile delle margherite, Liam e io cenammo con i suoi genitori. Lo facevamo spesso, insieme alla mia famiglia e ad altri parenti. Quella sera eravamo un gruppo più ristretto e godemmo della cena in cucina al tavolo sul retro.

Le finestre offrivano una vista dell'oceano. Come i miei genitori, anche la famiglia di Liam possedeva una proprietà lungo una scogliera. La costa rocciosa era di una bellezza mozzafiato e offriva una vista infinita dell'Oceano Atlantico.

Spalmai un po' di burro su una fetta di pane appena sfornato e mi appoggiai allo schienale della sedia, guardando verso Alice, la madre di Liam. Liam aveva ereditato dalla madre i profondi occhi blu e i capelli nero corvino. «Ci sono novità con la tua ricerca?» chiesi.

Alice scrollò le spalle, con uno sguardo preoccupato. «Ho fatto alcune ricerche, ma non ho trovato molto che possa aiutarci. Il potere dei fiori è piuttosto comune, il che non semplifica le cose».

Juliette, la sorella di Liam e mia vecchia amica, era seduta di fronte a me leggermente in diagonale. Aveva gli stessi colori del fratello e della madre e accennò un sorriso ironico. «So che siamo tutti preoccupati per l'attenzione che sta ricevendo Charm Cove, ma dovete ammettere che è semplicemente ridicolo. Ci sono margherite *ovunque*. Sembra uscito da un brutto film di fantascienza. Le margherite sono i fiori meno spaventosi che mi vengano in mente, eppure stanno invadendo tutto».

William, il padre di Liam, guardò Juliette e sorrise leggermente. «*È* ridicolo, ma se questa attenzione continua potremmo avere problemi a gestire la situazione».

«Ieri sono stata intervistata nel parco comunale mentre tornavo al negozio dopo una commissione», intervenni. «Stavo pensando che potrebbe essere una buona idea se pianificassimo che alcune persone si offrano volontariamente per le interviste. Temo che se non lo facciamo, alcuni dei più inclini alle teorie del complotto finiranno per diffondere voci assurde. L'ultima cosa di cui abbiamo bisogno sono altre voci sui notiziari nazionali».

Liam annuì mentre finiva di masticare un pezzo di pane. «Penso sia una buona idea».

«Oh, sicuramente», aggiunse Alice. «Parlerò con Opal domani. Le piacerebbe certamente farlo. Io preferisco non offrirmi per un'intervista perché troppe persone sanno che studio genealogia. Preferirei non ritrovarmi in una situazione in cui devo mentire davanti alla telecamera».

Juliette rise. «Mamma mia, per una volta mamma non vuole essere l'esperta».

Prendendo un sorso di vino, guardai verso Alice. «Per quanto riguarda le tue ricerche, ci sono indizi su famiglie particolari?»

Alice posò la forchetta e spinse indietro il piatto. «Beh, come tutti sappiamo, il potere dei fiori è incredibilmente comune. Praticamente scorre in ogni famiglia di streghe. Quello che ho cercato sono persone di qualsiasi generazione note per avere un potere sui fiori superiore alla media. Finora, tre famiglie stanno emergendo sul nostro radar. La famiglia Good, ma non dal mio lato poiché mi sono sposata nella famiglia. Scorre sicuramente attraverso la famiglia», disse, lanciando uno sguardo a William che si limitò a scrollare le spalle. «Oltre ai Good, una sorpresa è stata la famiglia di Isobel Martin. Non la famiglia di suo marito, ma la sua. Sai che ha mantenuto il cognome da nubile».

«Succede spesso?» chiesi. Le donne delle famiglie Wicked e Good erano note per mantenere i loro cognomi da nubili. Non tutte, ma sicuramente abbastanza da essere notevole. Era una domanda che mi stavo ponendo anch'io, ma che pensavo di conservare fino a quando non avessi dovuto decidere.

Alice annuì. «Non è sicuramente insolito. Tornando al punto, Isobel aveva una bisnonna che era piuttosto potente quando si trattava di fiori e piante. Non ci sono registrazioni che abbia fatto qualcosa di simile a questo fiasco delle margherite, ma il suo potere sui fiori era noto per essere eccezionale. Ha attirato la mia attenzione soprattutto perché la sua famiglia non è nota per avere poteri notevoli in nessun settore. Che questo ci dica qualcosa, non lo so. C'è stata qualche speculazione su di lei l'altra sera alla riunione».

Feci ruotare il bicchiere di vino quasi vuoto tra le dita, riflettendo. «Ho incontrato Isobel da Hardware Charm. L'unica cosa che mi ha fatto riflettere è che non sembrava esserle venuto in mente che streghe e stregoni dovrebbero essere preoccupati del fatto che Charm Cove finisca nei notiziari in questo modo. Quando ho menzionato le mie preoccupazioni, è rimasta sorpresa. Non penso che Isobel farebbe qualcosa di intenzionalmente dannoso. È un po' svampita però, quindi forse stava cercando di fare qualcosa di divertente ed è andata storta».

«Quando si tratta di Isobel, è certamente una possibilità», offrì Juliette.

«Qual è l'altra famiglia?» chiese Liam.

«La famiglia Wildes. So che c'è già qualche sospetto su Louise Wildes perché è potente e ama le margherite. Qua e là attraverso le generazioni, membri della sua famiglia hanno fatto cose piuttosto rimarchevoli quando si trattava di fiori. Al matrimonio di sua nonna, che sarebbe stato due generazioni fa, usarono la magia per creare un intero traliccio di fiori e un arco sotto cui camminare.

«Era piuttosto bello. Non l'ho mai dimenticato perché siamo andati al loro matrimonio. I miei genitori ci andarono e mi portarono con loro. Ero una bambina e pensavo fosse la cosa più straordinaria del mondo. A parte queste famiglie, non è emerso nient'altro di notevole. Come hanno menzionato al notiziario, c'è un incidente registrato di qualcosa di simile accaduto in Scozia secoli fa. Non vengono menzionati nomi in quei documenti, cosa che trovo interessante. Mi fa pensare che li abbiano omessi intenzionalmente per evitare speculazioni in futuro».

«È possibile che qualcuno della nostra famiglia possa aver fatto questo?» chiese Liam.

William scrollò le spalle. «Non nella nostra famiglia stretta, ma abbiamo una famiglia allargata enorme. Hai cugini di terzo e quarto grado in tutto il mondo e qui a Charm Cove. Le persone fanno cose strane, quindi non lo escluderei mai».

«Sono ancora propensa a credere che chiunque abbia fatto questo non stesse cercando di fare nulla di dannoso. A parte il fastidio di avere fiori dappertutto, l'unico problema è l'attenzione e le domande sulla storia di Charm Cove», aggiunsi.

«Verissimo», confermò Alice. Si alzò e iniziò a sparecchiare la tavola. Mi unii a lei per aiutare a pulire, con Juliette che ci seguì.

Dopo esserci salutati, Liam ci riportò a casa guidando nella sera inoltrata. Con la primavera ormai avanzata, le giornate si erano allungate e il sole non tramontava così presto. I riflessi del tramonto alle nostre spalle si proiettavano sull'oceano, un sottile bagliore di arancione e rosso sulla superficie dell'acqua.

I genitori di Liam vivevano a pochi chilometri da dove abitavamo noi ora, nella proprietà della mia famiglia. Liam possedeva un terreno adiacente alla proprietà dei suoi genitori, ma doveva ancora costruirci una casa. Per ora, ero sollevata che avessimo il nostro spazio nella dependance. Camminando tra le margherite schiacciate verso casa nostra, mi voltai indietro, commentando a Liam: «Non sembrano cadere così tanto. L'hai notato?»

«Sì. Questa mattina è stata la prima in cui non abbiamo trovato un nuovo strato dappertutto rispetto al giorno prima», rispose mentre tirava fuori le chiavi dalla tasca e sbloccava la porta.

Ghost arrivò correndo sulle margherite calpestate, sfrecciando oltre noi attraverso la porta d'ingresso, un lampo bianco.

«Penso che domani chiamerò Emma e andremo a far visita a Louise Wildes», menzionai mentre mi toglievo gli zoccoli e appendevo la giacca vicino alla porta.

Liam fece lo stesso, lanciandomi un'occhiata, con gli occhi socchiusi. «Non farai niente di assurdo, vero?»

«Oh, lo stavo assolutamente pianificando», dissi con una risata.

Lui ridacchiò e scosse la testa. «Sono serio».

«No, andremo solo a farle visita, promesso. Emma la conosce da quando insegnava in una delle classi del liceo di Emma. Prometto, niente incantesimi per teletrasportarmi da qualche parte, niente del genere».

Un sorriso sollevò un angolo della bocca di Liam. «Va bene».

Chinandosi, catturò le mie labbra in un rapido bacio. Fummo interrotti da Ghost che ci girava intorno ai piedi facendo le fusa impazzito.

CAPITOLO OTTO

«Oh cielo», dissi quando fermai l'auto davanti alla casa di Louise.

«Oh cielo è un modo per dirlo», rispose Emma.

C'erano margherite ovunque. A questo punto, ero piuttosto abituata a quella situazione generale. Ma non si trattava solo delle margherite sparse ovunque per terra. Crescevano dappertutto, molte più che in altre zone. C'era un intero campo che si estendeva a lato della sua casa.

«Beh, sembra che le voci siano vere. Ama le margherite», aggiunsi.

Emma ed io ci guardammo e poi alzammo le spalle contemporaneamente.

«Vai tu avanti», dissi. «È stata la tua insegnante».

«Capito», rispose Emma mentre slacciava la cintura di sicurezza. Non sembrava ci fosse stato molto via vai dalla porta principale. Le margherite non erano schiacciate come in molte altre zone. Seguendo Emma fino alla porta, aspettammo dopo che ebbe bussato.

«Com'era come insegnante?» chiesi, tenendo la voce bassa.

«Era gentile. Ho preso un ottimo voto nella sua classe. Era decisamente entusiasta della biologia. Dedicava più tempo alle piante».

Alzai lo sguardo verso il tetto. Louise viveva in una classica casa stile Cape a forma di cassetta del sale. Era un quadrato perfetto con due finestre su ciascun lato sia al piano terra che al piano superiore, compresa una mansarda su ogni lato. La casa era dipinta come una margherita, bianca con rifiniture gialle. Se non fosse stato per le margherite che coprivano gran parte del terreno, immaginavo che avremmo trovato un giardino ordinato.

Quando sentii il rumore della maniglia che girava, guardai avanti. I cardini protestarono con un cigolio mentre la porta si apriva. Cercai di ricordare l'ultima volta che avevo visto Louise in giro per la città, ma non riuscivo a ricordare. I suoi capelli argentati erano tirati indietro strettamente in uno chignon e un paio di occhiali erano appollaiati sul naso. Era magrissima, così magra che una forte raffica di vento avrebbe potuto spazzarla via. Ci scrutò, i suoi acquosi occhi azzurri si soffermarono su Emma prima di dare un'occhiata a me.

«Emma Good e Moira Wicked. Cosa ci fate voi due ragazze qui?»

«Salve, signora Wildes», disse Emma con un sorriso luminoso. Riuscii a sorridere insieme a lei e annuii educatamente.

Louise inarcò un sopracciglio, sembrando aspettare che dicessimo qualcosa di più. Percepii immediatamente che sapeva esattamente perché eravamo lì. Il silenzio si prolungò prima che Emma continuasse: «Beh, um, volevamo solo...» Le sue parole si affievolirono. Perché cosa diavolo avrebbe potuto dire?

Anche se Charm Cove era una piccola città, anche se Louise era la sua insegnante di biologia delle superiori, e anche se praticamente tutti conoscevano tutti nella nostra città - specialmente tra le streghe e gli stregoni - non c'era una spiegazione facile per la nostra presenza alla sua porta in quel pomeriggio qualunque.

Alla fine Louise rise piano, prendendoci in pietà. «Per cominciare, chiamatemi Louise. Non sono più la vostra insegnante da anni. Posso immaginare perché siete qui. Vi state chiedendo se ho qualcosa a che fare con tutte quelle margherite».

Emma ed io annuimmo all'unisono. «Sì», cinguettò Emma, con voce acuta.

Louise alzò gli occhi al cielo, aggiustando gli occhiali sul naso. «Beh, posso assicurarvi che non ho niente a che fare con tutto ciò». Fece un passo indietro dalla porta, facendoci cenno di entrare. «Venite dentro. Vi preparerò un tè».

Seguendola all'interno, ci guidò attraverso un piccolo arco fino alla cucina. C'era un piccolo tavolo rotondo situato vicino alle finestre, che si affacciava su un campo letteralmente esploso di margherite. Emma incrociò il mio sguardo con un sorriso imbarazzato mentre prendevamo posto dove Louise ci indicava. Louise andò verso il fornello, sollevando un bollitore e aggiungendo dell'acqua prima di accendere il fuoco.

Tirò fuori tre tazze da un armadietto e una piccola ciotola di ceramica piena di vari tè. Mise tutto sul tavolo e si unì a noi mentre aspettavamo che l'acqua bollisse. C'era un vaso di margherite al centro del tavolo.

Indicando il vaso con un cenno, commentò: «*Adoro* le margherite». I suoi occhi azzurri si incresparono agli angoli con il suo sorriso mentre guardava tra noi due. «Ho capito che c'era qualcosa che non andava quando Danny mi ha portato quelle. Ogni anno quando le margherite iniziano a sbocciare, spesso mi raccoglie un mazzo e me lo porta. Non c'è nulla di insolito in questo. Tranne che quel mazzo ha più di due settimane e mezzo, prima che il cielo iniziasse a piovere margherite. Ho capito che c'era qualcosa di strano quando non sono appassite. Nemmeno un po'. Sono brava con le piante, ma una volta che raccogli i fiori, anche con le migliori cure rimangono vivi solo per un certo tempo. Ho chiamato tua madre proprio oggi», disse, spostando lo sguardo lateralmente verso di me. «Ho pensato che qualcuno dovesse saperlo. Non ho saputo dell'incontro al faro in tempo per parteciparvi, anche se non so se sarei riuscita a salire tutte quelle scale. Avete qualche idea di cosa stia succedendo?»

Il bollitore fischiò e Louise si alzò per spegnere il fornello. Tornò e riempì le tazze con acqua calda, facendo cenno verso la selezione di tè prima di tornare a posare il bollitore sul fornello.

«Vorrei che avessimo qualche idea», risposi mentre selezionavo un tè al limone e immergevo la bustina nella mia tazza. «Alice sta esaminando tutti i suoi libri sulla storia degli incantesimi e la genealogia per vedere se riesce a restringere le famiglie che hanno una storia di eccezionale potere floreale».

Scivolando nella sua sedia, Louise annuì mentre aggiungeva il tè e un pizzico di zucchero alla sua tazza. «Il potere floreale è molto comune, come sicuramente sapete. Anche se adoro le margherite, il mio potere floreale è piuttosto nella media. Vorrei poter essere di più aiuto». Lanciò un'occhiata a Emma. «La famiglia Good ha un po' più di potere floreale».

Emma annuì. «Lo so, ma non riesco a pensare a nessuno che potrebbe aver fatto questo».

«Penelope pensa che sia una combinazione di potere floreale e meteorologico», intervenni.

«Penelope ha molto probabilmente ragione. Sembra che l'incantesimo sia completamente sfuggito di mano. Non sto cercando in alcun modo di incolpare la famiglia Good, ma dobbiamo essere pratici. Che ne dice della Sua vecchia zia? Olivia?» chiese Louise.

Emma sembrò confusa per un momento e poi il suo sguardo si schiarì. Presi un sorso del mio tè, cercando di ricordare l'ultima volta che avevo visto Olivia Good. «Accidenti, sono passati anni dall'ultima volta che l'ho vista. Vive ancora vicino a Charm Cove?»

Emma si strinse nelle spalle, con lo sguardo perplesso quanto il mio. «Non la vedo da quando ero adolescente. Se ne sta per conto suo. Ha sicuramente un potere floreale superiore alla media.»

Louise sorseggiò il suo tè, tamburellando con le dita sul bancone. «Per quanto ne so, vive ancora dalla parte opposta della città, appena dentro il confine. La conoscevo un po' quando eravamo più giovani. Era una ragazza birichina. Non vi è dispiaciuto presentarvi qui senza preavviso. Vi suggerisco di farle visita come prossima tappa», offrì con un sorriso.

CAPITOLO NOVE

La sera seguente, Charm Cove tenne una riunione d'emergenza del consiglio comunale, convocata dal comitato cittadino dopo che in un solo giorno si erano verificati tre tamponamenti su Charming Way, una delle strade più trafficate del centro. Le auto avevano slittato sulle margherite. Con il flusso incessante di turisti che arrivavano in città per vedere le margherite, avevamo bisogno di trovare un modo per gestire tutto questo traffico. La città necessitava di un piano per le margherite e per gli effetti collaterali imprevisti.

Durante tutta la giornata, tra i clienti che affollavano Persnickety Potions & Gifts, ho gestito visite di residenti, oltre a telefonate e messaggi, con tutti che chiacchieravano su quello che pensavano dovesse essere il piano per la riunione serale. Prevedevo una riunione piuttosto tumultuosa. Dopo il lavoro, Liam mi aspettò fuori dal negozio, e camminammo mano nella mano fino al Municipio. Era situato all'angolo tra Wicked Way e Good Lane in un bellissimo edificio di antico granito rosa. Il prezioso granito rosa proveniva da una cava nelle vicinanze.

L'edificio era maestoso e squadrato. Il piano inferiore ospitava gli uffici comunali, con un corridoio sul retro che conduceva a un passaggio coperto verso il tribunale accanto. Il piano superiore era composto da una grande sala riunioni, simile a quelle delle vecchie sale delle grange, e da alcune sale conferenze più piccole. Nel corso dei secoli, era stato utilizzato per riunioni cittadine, raduni festivi e varie altre funzioni municipali.

Io e Liam schivammo le margherite sul marciapiede. Uno degli spazzaneve della città con una spazzatrice montata stava lentamente percorrendo la strada. Quando raggiungemmo il municipio, la luce del sole al tramonto verso ovest proiettava un bagliore soffuso sul granito, conferendogli un aspetto etereo.

La mano di Liam era calda intorno alla mia. Si fermò all'angolo prima di attraversare la strada e mi guardò. «Mi sono dimenticato di chiedertelo, com'è andata la tua giornata?»

«Intensa. E la tua?» risposi con una piccola risata.

«Intensa». Abbassando la testa, catturò le mie labbra in un breve bacio prima di raddrizzarsi di nuovo. «Sei pronta per il circo?»

Sorrisi. «Dovrebbe essere interessante».

Girandoci, con la mia mano ancora stretta nella sua, attraversammo la strada e salimmo i gradini verso il Municipio. Liam tenne aperta la pesante porta di legno, i pavimenti in legno massiccio ben consumati sotto i nostri piedi mentre attraversavamo l'ingresso verso le scale su un lato per salire alla sala riunioni. Già dal piano inferiore, si poteva sentire il brusio delle voci, segno che la sala era già affollata.

Quando raggiungemmo la sala riunioni, la maggior parte delle sedie era occupata. Tirai un sospiro di sollievo per aver chiesto a mia madre di tenerci dei posti. Ci fece cenno da dove era seduta con mio padre su un lato della grande sala. Ci dirigemmo nella sua direzione, facendoci strada tra le persone in piedi nel corridoio. Considerando che la riunione non era ancora iniziata, sembrava che presto ci sarebbe stato posto solo in piedi.

Mi infilai nella sedia immediatamente accanto a mia madre con Liam al mio fianco all'estremità. «Meno male che siamo arrivati con qualche minuto di anticipo», mormorò, lasciando la mia mano per mettere il braccio sulle mie spalle e sporgersi per salutare i miei genitori. «Ciao, Camille, Gabriel, grazie per averci tenuto i posti».

Mia madre sorrise in risposta. «Figurati. Meno male che l'ho fatto».

Mio padre ridacchiò dall'altro lato. «Sarà una serata movimentata stasera».

Vari membri delle famiglie sia di Liam che mia erano sparsi tra il pubblico. I suoi genitori erano solo poche file più avanti e si girarono per salutare. Lea e Jacob erano lì con i gemelli, e Penelope sussurrò un saluto da dietro di noi.

Il pubblico era composto per circa due terzi da streghe, in base ai miei calcoli approssimativi. Strega, stregone o no, le margherite erano qualcosa con cui tutti dovevano fare i conti. Detto ciò, ero un po' sollevata che ci fossero molte streghe e stregoni tra il pubblico, se non altro perché avevamo bisogno che le decisioni ufficiali fossero a nostro favore. Dovevamo sbarazzarci di queste maledette margherite.

Considerando che sapevamo che doveva essere opera di magia, immaginavo che fosse solo questione di tempo prima che scoprissimo un incantesimo per contrastarla. Il gruppo di persone nel comitato cittadino era composto da una maggioranza di streghe e stregoni. Non molto dopo il nostro arrivo, entrarono dal retro e presero posto a un tavolo nella parte anteriore. La presidente del comitato, Beatrice Powers, suonò una campanella e tutti si zittirono rapidamente quando si alzò.

«Dichiaro aperta questa riunione», annunciò. «Questa è una riunione d'emergenza del Consiglio Selettivo di Charm Cove. Argomento principale di discussione: un'udienza per valutare cosa fare riguardo alle margherite che stanno invadendo la città». Beatrice rivolse lo sguardo verso la segretaria del comune, che stava scrivendo rapidamente. «La registrazione ufficiale è attiva?» chiese.

Anna Goodness, che era la receptionist della centrale della polizia e svolgeva il compito di segretaria del comune per tutti gli affari ufficiali, annuì. Anna era anche una strega.

«Sono sicura di non dover entrare nei dettagli su ciò che sta accadendo in città», iniziò Beatrice, guardando intorno alla sala. «Qualcuno ha bisogno che io spieghi?»

«A meno che non possa dirci come diavolo far smettere le margherite», gridò un uomo da qualche parte tra il pubblico.

Non riconobbi la voce, ma pensai fosse di uno dei manager del supermercato locale.

Beatrice sorrise. «Penso che tutti vorremmo la risposta a questa domanda. Nel frattempo, la questione in esame è come gestire le margherite. Credo possiamo presumere che a un certo punto questo fenomeno si fermerà». Si interruppe quando una mano si alzò tra il pubblico. «Sì?»

«Abbiamo qualche idea su cosa stia causando questo? Ho sentito che un'organizzazione meteorologica nazionale sta facendo visita», disse una donna. Non ricordavo il suo nome, ma era una farmacista della farmacia locale.

Beatrice guardò uno degli uomini del comitato. «Dan è stato in contatto con il servizio meteorologico. Ci sono aggiornamenti, Dan?»

Dan avvicinò il microfono. «Niente, è un completo mistero. Mi creda, se lo sapessi a quest'ora sarebbe di dominio pubblico».

«Dobbiamo concentrarci su come gestirle», gridò qualcun altro.

Beatrice annuì. «A questo punto, abbiamo un aratro modificato con una spazzatrice per pulire le strade durante il giorno. Abbiamo accantonato un budget extra, ma dobbiamo approvare una mozione per aumentare il budget per la rimozione della neve, che rientra nella pulizia delle strade».

Ci furono alcuni mormorii e poi qualcun altro alzò la mano. «Sì?» chiamò Beatrice.

La donna in questione, Nancy Struthers, possedeva un negozio di abbigliamento locale. «Non capisco perché le persone vogliano far smettere le margherite. Il mio fatturato è quadruplicato. È persino meglio che nel pieno dell'estate».

Questo scatenò il caos.

«È impazzita?!»

«È una follia!»

«Non è follia. È un'intelligente strategia commerciale».

«Sono del tutto favorevole a che le margherite rimangano. Penso che potremmo entrare nella lista ufficiale delle Meraviglie del Mondo, e da quel momento sarà tutto in discesa».

«Santo cielo, non è naturale. Mi vergogno di far parte di Charm Cove. Si sentono tutte quelle voci su streghe e stregoni e ora tutti pensano che siano reali».

«Esatto. Amo questa città. Ho sempre detto che la nostra storia è carina. Ma è solo carina. Non abbiamo bisogno che le persone pensino che sia reale».

Mia madre si sporse verso di me, con tono basso. «Proprio quello che ci serviva. Una lite sulle dannate margherite».

Risi piano, alzando gli occhi al cielo quando mi guardò. «In ogni caso, dobbiamo tenere sotto controllo le margherite. Dobbiamo solo capire come, preferibilmente il prima possibile».

Liam si chinò dall'altro lato. «Hai sentito?» mi chiese.

«Sentito cosa?» replicai.

Mia madre si era sporta dall'altra parte per dire qualcosa a mio padre. Guardando verso Liam, lo vidi fare un cenno con il mento. Seguendo il suo sguardo, notai che stava guardando la zia di Emma, Olivia Good. «Cosa ha detto?» chiesi.

«Vuole sapere chi ha fatto impazzire le margherite. L'ultima cosa di cui abbiamo bisogno è questo tipo di conversazione adesso».

Beatrice stroncò quell'argomento sul nascere. «Credo sia giusto dire che nessuno di noi conosce la risposta a questo, Olivia».

Penelope entrò nel vivo delle cose, deviando completamente la conversazione. Sebbene Penelope fosse un po' svampita, era astuta. Non dubitavo nemmeno per un secondo che stesse facendo in modo che nessuno si lasciasse trasportare discutendo su chi potesse essere responsabile. Quel tipo di conversazione era meglio riservarla alle riunioni solo per streghe e stregoni, non alle riunioni cittadine generali. Avevamo bisogno che il mondo pensasse che fosse uno strano fenomeno naturale e nient'altro.

«Santo cielo, Olivia» disse Penelope. «Che tipo di domanda è questa? È un miracolo. Abbiamo un fenomeno meteorologico. Non è come se fosse il primo mistero naturale. Godiamocelo per quello che è».

La conversazione continuò. Non avrei potuto dirlo con certezza, ma sembrava che ci fosse una divisione a metà tra chi sperava che le margherite rimanessero e chi sperava che potessimo farle smettere. Triste a dirsi, c'erano molte streghe dalla parte di mantenerle, il che dimostrava solo che non stavano considerando i rischi.

Non avevamo bisogno di domande su streghe e stregoni nei notiziari nazionali. Né avevamo bisogno che qualcuno scavasse troppo a fondo nella storia e nei misteri di Charm Cove.

Beatrice prese fermamente le redini e riportò la discussione sui temi del comitato. Approvarono un aumento del budget per la pulizia delle strade per occuparsi delle margherite nel frattempo e approvarono l'apertura di parcheggi extra in terreni di proprietà privata. Alcune attività avrebbero fatto soldi a palate con quei parcheggi. Per quanto volessi che le margherite sparissero, ero leggermente delusa che la mia famiglia non possedesse nessuno di quei parcheggi. Finché la questione non fosse stata risolta, il parcheggio era fuori controllo. Qualcuno avrebbe guadagnato un bel gruzzolo.

Lasciammo la riunione con quella questione risolta e una chiara divisione in città. Per ora, i sostenitori delle margherite erano fortunati perché uno scroscio di margherite cadde dal cielo mentre le persone iniziavano a uscire dal municipio.

CAPITOLO DIECI

La mattina seguente, mi diressi in città per prendere un caffè da Magic Beans. Di solito Liam mi accompagnava, ma quella mattina doveva andare a Portland per una riunione, quindi era uscito di casa prima del solito. Lavorava per la società d'investimento della sua famiglia e svolgeva la maggior parte del suo lavoro online. Occasionalmente, però, doveva partecipare a riunioni a Portland e Boston.

Parcheggiai la mia piccola utilitaria rossa nel parcheggio commerciale e mi incamminai verso Magic Beans. Alcune margherite mi caddero sulla testa, che scossi via, e ne spinsi via alcune con i piedi mentre camminavo sul marciapiede. La città aveva già preso provvedimenti rapidi con il loro budget aumentato e aveva modificato un altro spazzaneve con una spazzatrice, che al momento stava ripulendo le strade del centro dalle margherite.

Fermandomi proprio fuori dalla porta di Magic Beans, diedi un'occhiata al prato della piazza. Non potei fare a meno di ridere. Le margherite tappezzavano il paesaggio, arrampicandosi come rampicanti e cadendo dal cielo. Mi feci subito seria, ricordando i notiziari della notte precedente. C'erano più speculazioni su uno dei programmi di notizie nazionali sul mistero delle margherite di Charm Cove.

Entrando nel Magic Beans, il profumo di caffè e prodotti da forno freschi mi avvolse. Ero fortunata. C'era solo una persona in coda, anche se tutti i tavoli erano occupati. Zoe mi salutò con la mano dall'angolo. Mi aveva mandato un messaggio per farmi sapere che ci stava tenendo un tavolo.

Dopo aver preso un caffè e uno scone fresco ai mirtilli, mi affrettai verso l'angolo dove mi stava aspettando. «Buongiorno», dissi mentre scivolavo nella sedia di fronte a lei.

Zoe si sistemò uno dei suoi riccioli castani dietro l'orecchio e sorrise. «Buongiorno. Quante piogge di margherite hai visto mentre venivi qui stamattina?»

«Solo due. Sono io o stanno rallentando un po'?» Sorseggiando il mio caffè, aspettai mentre finiva di masticare un pezzo del suo bagel.

«Credo che tu abbia ragione», disse dopo essersi pulita la bocca. «Ne ho vista solo una. Continuano a crescere come pazze, ma immagino che sia un'opzione migliore rispetto ad averle che cadono dal cielo.»

«Oggi andrò con Emma a far visita a sua zia Olivia», proposi.

Zoe inarcò un sopracciglio. «Davvero. Quale scusa avete inventato?»

«Non abbiamo una buona scusa, andiamo e basta.»

Zoe rise. «Hai intenzione di teletrasportarti da qualche parte?»

Alzai una spalla in un gesto di noncuranza. «Forse. Se necessario. Ma non lo sto pianificando. Qualche novità da Daniel?»

Zoe sorrise di nuovo. «No, ed è felicissimo. Non c'è nulla di criminale nelle margherite che crescono come pazze e cadono dal cielo. Per una volta, non sta camminando su quel folle filo del rasoio tra il mondo delle streghe e il mondo dei non-stregoni.»

Risi. «Altre novità? Voci, pettegolezzi generali?»

Le guance di Zoe si imporporarono. «Beh, finalmente sono incinta. Ecco perché sto bevendo tè», disse, sollevando la sua tazza.

«Oh, wow! Congratulazioni!» Mi alzai e feci il giro del tavolo per darle un rapido abbraccio prima di sedermi di nuovo. «Posso organizzare il tuo baby shower?» chiesi con un sorriso.

Zoe sorrise con un sospiro. «Vorrei. Mia mamma vuole organizzarlo, quindi puoi aiutarla tu. Si sentirebbe ferita se non fosse lei a gestire tutto.»

«Certo! Adoro tua madre, quindi sono assolutamente disponibile ad aiutare in qualsiasi modo le serva.» Bets, la madre di Zoe, era praticamente una seconda madre per me. Quando eravamo piccole, avevo trascorso molte sere a casa loro, così come Zoe aveva trascorso molte notti a casa mia. Bets era una strega potente a pieno titolo, proprio come Zoe. «A proposito di tua madre, ha qualche indizio? Sembra sempre sapere qualcosa.»

«Di solito sì», disse Zoe, con i riccioli che rimbalzavano mentre annuiva. «Non questa volta però. La prendevo in giro l'altro giorno. Per una volta, il suo radar per i pettegolezzi sembra rotto. Chiunque abbia fatto questo lo sta tenendo assolutamente segreto. Quando andrete tu ed Emma a trovare Olivia?»

«Le gemelle saranno in negozio questo pomeriggio. Zia Lea mi ha promesso che passerà a coprire il negozio fino alla chiusura, quindi andremo allora. Vuoi venire con noi?»

«Certo», rispose Zoe con un sorriso.

CAPITOLO UNDICI

Più tardi quel pomeriggio, Emma stava guidando fuori dal centro città con me sul sedile posteriore e Zoe davanti. «Hai visto Olivia all'assemblea comunale ieri sera?» chiesi.

«Oh sì», esclamò Emma voltandosi. «Sembrava piuttosto sospettosa riguardo a chi avesse causato la faccenda delle margherite. Questo mi porta a pensare che non sia stata lei, ma forse sa qualcosa».

«Stavo pensando proprio la stessa cosa».

Poco dopo, lungo la tortuosa strada costiera che abbracciava la riva, raggiungemmo il confine di Charm Cove con il cartello della cittadina successiva, Windy Bay, che appariva all'orizzonte. Emma rallentò e svoltò dalla strada principale in un viottolo stretto che conduceva verso l'oceano.

«Sei mai stata qui?» chiese Zoe mentre Emma guidava la sua utilitaria lungo il vialetto. Gli alberi erano fitti e ravvicinati su entrambi i lati, ombreggiando il percorso.

«Forse quando ero piccola, ma non me lo ricordo veramente. Ho dovuto chiedere indicazioni a mia madre. Sapevo più o meno dove fosse, ma non ci sono mai andata in macchina», spiegò.

Gli alberi si diradarono e fummo accolte dalla vista di margherite ovunque. Le margherite coprivano tutto ciò che si vedeva. Non che fosse una sorpresa, dato che le margherite erano ovunque a Charm Cove da più di una settimana ormai, ma qui ce n'erano ancora di più del solito. Si arrampicavano sulla casa di Olivia come rampicanti, intrecciandosi sul tetto così fittamente che immaginai potessero tenere fuori la pioggia anche senza un vero tetto sottostante.

«Beh», disse finalmente Zoe mentre ci fermavamo in quello che sembrava essere il parcheggio, accanto a un'auto completamente ricoperta di margherite.

«Uhm, questo è un po' esagerato», osservai.

Emma rise semplicemente. *Esagerato* è un modo per dirlo».

Scendemmo dall'auto e camminammo sulle margherite. Persino quelle che sembravano essere cadute dal cielo con gli steli spezzati erano perfettamente vive. Quando salimmo sui pochi gradini che conducevano alla porta d'ingresso, notammo che anche la finestra sulla porta era coperta da margherite fittamente intrecciate. Considerato lo stato della casa, immaginai che fosse come vivere in una tomba.

«Non credo si possa vedere attraverso nessuna di queste finestre», sussurrai a Emma.

«Lo so, è assurdo», sussurrò in risposta.

Zoe annuì, con gli occhi spalancati mentre si guardava intorno.

Spostando alcune margherite che coprivano il campanello, Emma suonò. Aspettammo qualche istante prima che la porta venisse spalancata.

Olivia era lì in piedi, con uno sguardo sospettoso mentre ci esaminava. «Guarda un po', se non è mia nipote Emma Good, insieme a Moira Wicked e Zoe Levesque. Cosa ci fate voi ragazze qui?»

Olivia aveva capelli quasi bianchi che le scendevano sulle spalle. Aveva occhi azzurro brillante e un viso segnato dal tempo. Era così magra che immaginai persino una leggera folata di vento l'avrebbe fatta cadere. Prima che una di noi potesse rispondere, continuò: «Immagino vi stiate chiedendo delle margherite».

Gli occhi di Emma scivolarono verso i miei. Alzai le spalle, tornando a guardare Olivia. «È esattamente per questo che siamo qui. Non pensavo fosse possibile, ma sembra che tu abbia più margherite di chiunque altro».

Olivia annuì. «Esatto. Quell'auto là», indicò l'auto dietro di noi. Ci voltammo per osservare l'auto camuffata dalle margherite strettamente intrecciate intorno ad essa. Quando ci voltammo di nuovo all'unisono, continuò: «È quella con cui sono andata alla riunione comunale ieri sera. Se pensate che io abbia qualcosa a che fare con questa storia, siete pazze».

A quel punto sbatté la porta, facendo cadere alcune margherite che finirono sulla punta delle mie scarpe. Emma sembrava voler suonare di nuovo il campanello, ma scossi la testa. «Non disturbarti. In ogni caso, oggi non è dell'umore giusto per parlare».

«Sono d'accordo», mormorò Zoe. «Andiamocene».

Ci facemmo strada tra le margherite e risalimmo in macchina. Tirai un sospiro di sollievo quando svoltammo sulla strada principale e c'era solo una quantità normale di margherite a coprire il paesaggio.

Quando Emma si fermò a uno stop prima di svoltare sul tratto di strada che ci avrebbe riportato al centro di Charm Cove, commentai: «Beh, temevo che la nostra auto si sarebbe coperta di margherite così rapidamente che avremmo dovuto combattere con loro. Non so nemmeno cosa pensare».

Emma sospirò. «Non che io voglia che una Good venga accusata di questo, ma non posso dire che il suo comportamento non fosse sospetto».

«Forse, ma cosa possiamo fare?» chiese Zoe. «Voglio dire, le margherite potrebbero essere peggiori lì perché qualcuno l'ha presa di mira».

«Buon punto. Parlerò con mia madre stasera», rispose Emma. «Lei conosce mia zia meglio di me. L'altra sera ho chiesto a mio padre se potesse fare un incantesimo di rilevamento, e lui ha riso».

Emma si riferiva a suo padre Jacob, lo zio di Liam e anche un mio lontano zio. Jacob aveva il potere di percepire gli incantesimi. «Perché non può fare nulla?»

«Perché ha detto che non c'è modo di restringere il campo per capire dove l'incantesimo sia stato lanciato originariamente. Con le margherite ovunque adesso, non è facile vedere da dove potrebbero essere originate. Ha bisogno di conoscere la fonte dell'incantesimo per provare a percepirlo».

«Chiederò a mia madre di far visita a Olivia», aggiunsi. «Forse non parlerà, ma sai che mia madre è brava a percepire i segreti. Potrebbe non sapere di cosa si tratti, ma sicuramente percepirà qualsiasi segreto Olivia stia nascondendo».

«È già qualcosa», disse Emma con un deciso cenno del capo. «Perché non andiamo a Enchanted Spirits? Mi farebbe comodo un drink e una cena».

«Perfetto, manderò un messaggio a Liam quando arriviamo per dirgli di raggiungerci».

CAPITOLO DODICI

«Quindi ti ha sbattuto la porta in faccia?» chiese Nathan, sporgendosi in avanti per prendere una tortilla chip dalla ciotola al centro del tavolo.

«Proprio così», risposi.

«Pensi che sia stata lei?» continuò.

Emma alzò gli occhi al cielo. «Come facciamo a saperlo? Siamo andate lì per vedere cosa sapeva, ha aperto la porta, ha annunciato che sapeva che eravamo lì per chiedere delle margherite, e poi ci ha sbattuto la porta in faccia. Questo è tutto quello che abbiamo ottenuto».

Come previsto, ci eravamo trasferiti all'Enchanted Spirits. Il nostro gruppo comprendeva Emma e me, insieme a Liam e Jackson, Zoe, Daniel e Nathan. Nathan aveva appena respinto un approccio flirtante da parte della nostra cameriera e sembrava divertito. Liam era arrivato solo pochi minuti prima.

Il braccio di Liam scivolò sulle mie spalle, e si abbassò, sussurrando: «Com'è stata la tua giornata, a parte questo?»

Alzando lo sguardo, il mio stomaco fece un piccolo salto al calore sottile nel suo sguardo. Per circa la millesima volta, ringraziai la mia buona stella che non solo mi piacesse Liam, ma che fossi completamente innamorata di lui. Aveva la capacità unica di far fremere i miei nervi.

Era tutto piuttosto conveniente, visto che ero destinata a sposarlo. L'incantesimo secolare aveva fatto il suo dovere con noi. Ultimamente, ci eravamo concessi una piccola tregua dalle due famiglie che ci stuzzicavano e pressavano riguardo al nostro matrimonio dopo il fidanzamento e l'annuncio del nostro piano di sposarci nello stesso luogo del primissimo matrimonio tra Wicked e Good avvenuto tanto tempo fa.

Tutto ciò che ci restava da fare era effettivamente sposarci. Lo avremmo fatto, lo avremmo certamente fatto. Ad ogni modo, al momento eravamo circondati da amici che volevano risposte sulle margherite.

Sostenendo lo sguardo di Liam, sorrisi. «È stata una giornata normale. Un casino al negozio perché è così tutto il tempo ultimamente, e poi siamo andate a casa di Olivia».

«Va bene, piccioncini», disse Nathan dall'altra parte del tavolo, «di cosa state parlando in disparte?»

Liam ridacchiò e prese un sorso di birra mentre guardava verso Nathan. «Sono appena arrivato pochi minuti fa, quindi le stavo chiedendo com'era andata la sua giornata. C'è altro che dovrei riferirti?»

Nathan sfoggiò un sorriso. «No, ma grazie per l'aggiornamento».

Intervenni, tornando alla sua domanda precedente. «Se Olivia ha qualcosa a che fare con la faccenda, di certo non era propensa a parlarne oggi. Ho intenzione di parlare con mamma e chiederle di andare a farle visita. Perché se Olivia sta nascondendo dei segreti, mamma potrebbe essere in grado di percepirli». Uno dei poteri unici di mia madre era quello di percepire quando qualcuno nascondeva qualcosa. Non poteva essere molto specifica, ma a volte era utile.

Emma aggiunse: «Raccoglierò qualche informazione in più dai miei genitori. Il potere dei fiori è di famiglia, ma questo va ben oltre qualsiasi cosa abbia mai sentito nella nostra storia».

Daniel scosse lentamente la testa. «Devo dire che non vorrei essere responsabile di risolvere questo mistero».

Zoe ridacchiò e gli diede una gomitata nel fianco. «Sembri divertirti a guardare tutti gli altri stressarsi».

«Esattamente», disse Daniel con un occhiolino. «Non fraintendetemi, le margherite sono un po' una scocciatura. Ma finora nessuno si è fatto male. Le uniche cose che ho dovuto investigare sono un paio di tamponamenti. Ora che abbiamo modificato gli spazzaneve con le spazzole, le strade principali sono molto migliori».

«È una mia impressione, o le margherite sono diminuite un po'?» chiese Zoe. «Io e Moira l'abbiamo notato».

«Proprio come ho detto stamattina, penso di sì. Anche Liam l'ha notato», dissi, dandogli una leggera gomitata. Lui annuì con compiacenza. «Sembra che non piovano più così tanto dal cielo. Quelle a terra continuano a crescere come pazze, ma almeno questo è un po' più normale».

«Sai che le cose vanno male quando pensiamo che piovano *meno* margherite, quindi è più normale», osservò Nathan, serissimo.

La nostra cameriera arrivò con le cene, facendoci efficacemente spostare l'attenzione dalle margherite. La conversazione proseguì mentre ci dedicavamo al cibo. Dopo essere usciti, mentre Liam e io camminavamo per strada verso le nostre auto, sentii qualcuno chiamare i nostri nomi.

«Liam! Moira!»

Ci fermammo insieme, guardandoci intorno. Vidi Opal, la zia di Liam, avvicinarsi dalla strada. Sembrava che stesse uscendo dal Beauty Bewitched, il piccolo negozio che gestiva. Il negozio vendeva una vasta gamma di prodotti di bellezza. Avevano ogni tipo di miscela speciale e tutto conteneva un tocco di magia. Gestivano anche un fiorente business online per alcune delle loro creme per la pelle, con persone che giuravano che facevano miracoli sulla loro pelle.

Incontrammo Opal a metà del marciapiede. I suoi occhi blu erano luminosi sotto i lampioni. I capelli erano tirati indietro strettamente come al solito. Praticamente indossava una divisa composta da pantaloni neri e una camicetta bianca, e questa sera non faceva eccezione.

«Speravo di incontrarvi. Sto pianificando di prenotare i nostri biglietti aerei per il vostro matrimonio e volevo confermare la data».

«È il diciassette agosto», risposi. «Verrà qualcun altro della Sua famiglia?»

Opal alzò lo sguardo, gli occhi spalancati e l'espressione offesa. «Certo! Siamo dei Good, dopotutto. Verranno quanti più di noi possibile. Proprio come la vostra famiglia. Sono sicura che sarà un po' più piccolo di quanto sarebbe se celebraste il matrimonio qui», disse, in modo piuttosto puntuale. «C'è qualcosa in cui posso aiutare per l'organizzazione?»

«Ora che lo menziona, un aiuto per organizzare le prenotazioni degli hotel e così via sarebbe meraviglioso», suggerii.

Opal si illuminò, guardando da me a Liam. «Con il vostro permesso, me ne occuperò io. Non preoccupatevi di nulla». Si sporse per darci un bacio sulla guancia prima di girarsi e allontanarsi di fretta. Il suo «buona notte» ci raggiunse da sopra la spalla.

Una brezza primaverile fredda soffiò per la strada dall'oceano, portando con sé un accenno di salsedine. Alzai lo sguardo verso Liam, con un sorriso che mi tirava gli angoli della bocca. «Penso che dovremmo lasciare che le nostre famiglie si occupino dell'organizzazione del matrimonio».

Sorrise, chinandosi per stamparmi un bacio sulla guancia. «D'accordo. Dai, andiamo a casa. Mi piacerebbe fare una passeggiata sulla spiaggia prima di andare a letto».

Liam mi seguì a casa, e fummo accolti da Ghost che mi saltò sulla spalla mentre entravamo nella dépendance. «Ehi, Ghost», dissi mentre mi chinavo per strofinare le nocche sotto il suo mento in segno di saluto. Ghost agitò la coda sul pavimento di legno, emettendo un leggero miagolio prima di precipitarsi verso il davanzale della finestra dove tenevo la sua ciotola del cibo.

Dopo averlo sfamato, Liam e io scendemmo in spiaggia. Le giornate si stavano allungando, poco a poco. Era tarda sera, e il crepuscolo non aveva ancora completamente reclamato la giornata. Con il sole che tramontava a ovest, opposto all'Oceano Atlantico, l'acqua scintillava sotto i persistenti colori del cielo tinto di viola e rosa sullo sfondo.

La mano di Liam era calda intorno alla mia. Anni fa, quando avevamo iniziato a frequentarci al liceo, eravamo soliti fare passeggiate sulla spiaggia insieme. Non così tardi, sia chiaro. Entrambi avevamo genitori piuttosto severi. Amavo l'oceano, e mi riportava sempre a un tempo passato, più innocente.

Guardando in lontananza, osservavo le onde basse che si infrangevano sulla riva, con le margherite che ondeggiavano avanti e indietro con ogni flusso e riflusso. Alzando lo sguardo verso Liam, studiai il suo profilo. A volte pensavo che fosse troppo bello con i suoi capelli nero corvino, gli occhi azzurri e i lineamenti scolpiti. Se avessimo avuto dei figli, speravo che avrebbero preso da lui.

Si fermò, come se avesse percepito il mio sguardo su di lui, e guardò in basso. «Che c'è?»

«Sei troppo bello, lo sai.»

Mi osservò a lungo mentre un gabbiano gridava in lontananza e una raffica di brezza oceanica mi soffiava sulla pelle. Con una piccola risatina, si chinò e premette le sue labbra sulle mie. Mentre si ritraeva, un sorriso si allargò sul suo viso. «Non ne sono sicuro, ma so che tu sei bellissima».

Alzai gli occhi al cielo e lo spinsi con il gomito, girandomi e tornando in direzione della nostra casa. «I complimenti *potrebbero* portarti da qualche parte. Andiamo».

CAPITOLO TREDICI

Alcuni giorni passarono senza nuovi sviluppi sul fronte delle margherite. Le margherite sembravano davvero rallentare nelle loro piogge dal cielo, anche se continuavano a crescere selvaggiamente ovunque. Si comportavano come rampicanti che prendevano il sopravvento. Detto questo, le piogge erano diminuite abbastanza da meritare persino un servizio al telegiornale, che discuteva se lo spettacolo sarebbe finito o meno. La gente si stava piuttosto affezionando all'intera faccenda.

Alcuni investigatori del soprannaturale erano arrivati a Charm Cove. Per vere streghe e stregoni, gli investigatori del soprannaturale erano piuttosto divertenti e solitamente innocui. Pochissimi avevano una reale conoscenza dell'esistenza dei poteri soprannaturali. Tendevano a fare cose piuttosto sciocche nei loro tentativi di *provare* l'esistenza dei fenomeni soprannaturali. Anche se, suppongo che avrei dovuto dar loro credito per credere in qualcosa.

Il soprannaturale esisteva assolutamente. Ovunque.

Era piuttosto terrificante per la maggior parte delle persone saperlo e vederlo se vi si imbattevano accidentalmente. Il tempismo dell'apparizione degli investigatori a Charm Cove era sconcertante. La nostra piccola città aveva già visto la sua quota di investigatori del soprannaturale, ma mai durante una situazione significativa come questa. Le margherite erano un fenomeno soprannaturale di grande potenza, e quelli di noi che possedevano veri poteri lo sapevano maledettamente bene.

Per quanto riguarda gli sforzi per risolvere il *problema* delle margherite, per mancanza di un modo migliore per definirlo, mia madre aveva pianificato una visita a Olivia Good. Sperava che il suo potere di percezione l'avrebbe aiutata a capire se Olivia stesse nascondendo qualcosa. Quella sera, dopo la visita di mia madre, andammo a casa dei miei genitori per cena. L'avevamo programmata perché uno dei miei fratelli, Nathaniel, era tornato a casa per il fine settimana.

Liam e io camminammo dalla dépendance. Con la neve ormai scomparsa, il sentiero attraverso gli alberi era libero, anche se dovevamo farci strada tra numerose margherite. Un boschetto di alberi si trovava tra la dépendance e la casa dei miei genitori. Il mio fratello maggiore, Gabriel, viveva nell'antica casa del custode nella proprietà, che confinava con un appezzamento di terreno di sua proprietà.

Con la mano calda di Liam nella mia e una frizzante brezza primaverile a rinfrescarmi, attraversammo gli alberi fino al punto in cui si aprivano. La costa rocciosa del Maine era protagonista di molte cartoline per una buona ragione. Era davvero bellissima. La scogliera dietro la casa dei miei genitori scendeva in pendenza, offrendo una vista delle onde che si infrangevano contro la spiaggia rocciosa.

La casa era in stile coloniale, quadrata, con rivestimenti verde salvia e un tetto rosso brillante che la faceva risaltare da lontano. Non c'era bisogno di bussare, quindi entrammo direttamente dall'ingresso principale. Una scala su un lato conduceva al piano superiore con un corridoio fiancheggiato da camere da letto su entrambi i lati e un'antica stanza dei bambini che era stata trasformata in uno studio.

Oltre l'ingresso al piano terra, un corridoio conduceva alla cucina, alla sala ricreativa, a un bagno e alla lavanderia da un lato, con un salotto formale, una saletta più piccola e una sala da pranzo formale dall'altro. Seguimmo le voci fino alla cucina dove di solito cenavamo.

Passando attraverso l'ingresso ad arco che conduceva in cucina, trovammo mia madre indaffarata alla grande isola. L'isola della cucina era piastrellata con un lavello e un piano cottura al centro su un lato, e sgabelli per sedersi dall'altro. Sul lato opposto, contro la parete posteriore, correva un altro bancone con un grande lavello in ardesia al centro e finestre che offrivano una vista sul prato laterale e sugli alberi. Il lavello era affiancato da un grande frigorifero da un lato e da un vecchio forno a legna con un forno moderno dall'altro.

Mia madre giurava sulla bontà del forno a legna per la cottura, quindi l'aveva tenuto anche se era piuttosto superfluo e lo usava solo occasionalmente. Alzò lo sguardo da ciò che stava tagliando. I suoi capelli neri striati d'argento erano raccolti in uno chignon e indossava un grembiule sopra la camicetta e la gonna. «Ciao, cara Moira», mi salutò, mandando un bacio e continuando a tagliare mentre si girava per rispondere a qualcosa che Lea aveva detto.

Celia e Delia stavano giocando a carte a un tavolo nell'angolo e mi salutarono, e io ricambiai con un cenno.

«Ehi, ehi, Moira», mi chiamò mio fratello Nathaniel da dove era seduto al grande tavolo rotondo vicino alle finestre sul retro. Si alzò e attraversò la cucina per venirmi incontro.

Posai la borsa sul bancone e mi strinsi al suo abbraccio. «Ehi, Nathaniel!»

Nathaniel aveva gli stessi colori di mio padre e dei miei altri fratelli: capelli neri e occhi verdi. Aveva i lineamenti più marcati di mia madre ed era alto e snello.

Sorrise mentre si allontanava e mi strinse le spalle prima di voltarsi verso Liam. «Ehi, amico», disse, tirando Liam in un abbraccio con pacche sulle spalle. «Come va?»

«Impegnato, ma bene», rispose Liam con un sorriso.

Lea passò. «La cena è quasi pronta. Tua madre sta finendo di preparare le verdure da accompagnare con la salsa», disse mentre passava con un cestino di pane appena sfornato e una brocca piena d'acqua.

«Avete bisogno di aiuto?» chiesi, guardando verso mia madre mentre Liam continuava a parlare con Nathaniel.

«Oh no», esclamò mia madre, «abbiamo tutto sotto controllo. Siediti pure. Arrivo subito».

Nel giro di pochi minuti, eravamo tutti seduti. Oltre ai miei genitori, c'erano Lea, Jacob, le gemelle, Nathaniel e Gabriel. Riempivamo il tavolo al punto che le gemelle erano schiacciate in un angolo, ma dichiararono che non gli importava.

Dopo che tutti erano stati serviti e la cena era ben avviata, Nathaniel osservò: «Le margherite sono completamente fuori controllo».

Gabriel sbuffò. «Tu credi?»

«Ho visto le notizie in televisione, ma dovevo fare questo viaggio per vederlo con i miei occhi», aggiunse Nathanial scuotendo lentamente la testa.

Mia madre intervenne: «Vuoi dire che non sei qui solo per farci visita?» I suoi occhi brillavano mentre sorseggiava il vino e fece l'occhiolino quando Nathaniel la guardò.

«Certo che sono qui per farvi visita, ma volevo assolutamente vedere la "Meraviglia Mondiale delle Margherite"», disse, facendo il gesto delle virgolette per enfatizzare. «Avete idee su cosa stia succedendo?»

Lanciai uno sguardo a mia madre. «Sei riuscita a visitare Olivia oggi?»

«Assolutamente, e ho un aggiornamento. Ho pensato di conservarlo fino a quando fossimo stati tutti qui insieme».

«Hai aspettato tutto questo tempo», disse Delia, con i suoi occhi azzurri spalancati.

Mia madre ridacchiò. «Beh, Gabriel, Lea ed io ne stavamo appena parlando, ma sì, voi due non ricevete tutte le notizie immediatamente».

«Vieni al punto, Mamma», dissi, facendo un gesto circolare con la mano.

«È breve ma significativo. Sono andata a visitare Olivia, e lei ha effettivamente aperto la porta, giusto il tempo necessario perché potessi usare la mia magia. Sicuramente nasconde un segreto, e ha qualcosa a che fare con le margherite e qualcosa a che fare con i vicini della strada accanto, Nadine e Jerome Warren. È più di quanto mi aspettassi di ottenere prima che mi sbattesse la porta in faccia, quindi mi sento fortunata. Certamente non ho i dettagli, ma sospetto che ci sia una sorta di conflitto tra i due e che sia questo a causare tutto questo pasticcio. Ho chiamato tua madre, Liam», disse, facendo una pausa per annuire in direzione di Liam. «In breve, ha menzionato di aver trovato maggiori informazioni su quell'incidente documentato circa trecento anni fa in Scozia.

«In quel caso, i documenti aggiuntivi che ha trovato indicavano che si trattava principalmente di una crescita fuori controllo, anche se c'erano state alcune piogge di margherite. Un'altra cosa è che sono abbastanza sicura che possiamo escludere Isobel Martin. L'ho incontrata quando pranzavo al Charm Café. Mi ha detto apertamente di aver sentito che qualcuno l'aveva indicata come possibile sospetta perché la sua bisnonna era così potente con i fiori. Era inorridita e imbarazzata. Considerando che mi ha parlato per un buon quarto d'ora, avrei percepito se stesse nascondendo qualcosa. Non lo stava facendo assolutamente. Anche se ha ammesso che ha sempre aspirato a migliorare il suo potere sui fiori». Mia madre sorrise dolcemente e alzò le spalle.

«Non pensavo davvero che potesse avere qualcosa a che fare con la situazione. Non è abbastanza astuta né abbastanza potente. Il mio unico sospetto era che qualche tipo di incantesimo fosse andato storto con lei. Qualche suggerimento sui prossimi passi?» chiesi.

Quando l'intero tavolo fece qualche variazione di un'alzata di spalle, finii un sorso del mio vino e mi guardai intorno. «Potrei sempre teletrasportarmi a casa dei vicini per vedere cosa scopriamo. Non riesco a trovare una buona ragione per presentarci casualmente a casa loro, quindi teletrasportarmi...»

Le mie parole si interruppero quando Liam incrociò il mio sguardo e scosse bruscamente la testa. «Ci sono altre opzioni. Non c'è bisogno che tu ti metta in pericolo».

«Ehi, non ho ancora avuto problemi», protestai.

«Sì, ed è stata pura fortuna che sia andato tutto bene ogni singola volta», intervenne mia madre.

Gabriel parlò. «Dico che io e Liam andiamo dai Warren. Se hanno qualcosa in corso, posso sempre provare a catturare l'incantesimo. Qualunque cosa stia accadendo è continua a questo punto perché le margherite continuano a crescere come pazze e a cadere dal cielo. Hanno rallentato, ma non si sono fermate».

Tutti annuirono in accordo, il che mi infastidì. «Perché quello non è pericoloso?»

Gabriel mi guardò, inarcando un sopracciglio. «Perché non devo intrufolarmi. È quello il pericolo. Se hanno abbastanza potere per manipolare i fiori e il tempo, chissà cos'altro possono fare? Che ne dici di venire con noi? Il tuo potere è dannatamente comodo. Se avremo bisogno che tu ti teletrasporti dentro, potrai farlo, ma io e Liam saremo lì».

Guardando da mio fratello a Liam, chiesi: «Cosa farà Liam?»

«Può riportare le cose al loro stato originale. Se l'incantesimo intorno alle margherite ha origine lì, allora sarà in grado di aiutare una volta che avremo risolto la questione», spiegò Gabriel.

Guardai avanti e indietro tra Liam e mio fratello prima di alzare le spalle. «Va bene, è un buon piano».

Mio padre ridacchiò dall'altra parte del tavolo. «È molto più sicuro che tu ti teletrasporti e sorprenda qualcuno. Quella è una soluzione di riserva se avranno bisogno di aiuto».

«Quando succederà, e possiamo aiutare?» intervenne Celia.

Ci fu un coro collettivo di no in risposta. Celia arricciò il naso e alzò le spalle. «Va bene, anche se siamo state brave a catturare quel tizio che ha rubato tutte quelle cose l'autunno scorso».

«Assolutamente sì», disse Lea con un sorriso. «Ma siete troppo giovani».

«Stiamo imparando così tanto da Tom», aggiunse Delia.

Dopo l'ennesimo tentativo in cui si erano coinvolte in una questione magica di Charm Cove, Tom Lewis, un vecchio stregone, si era offerto di aiutarle ad affinare i loro poteri. Era un bene avere l'aiuto di Tom perché entrambe le loro nonne, che di solito aiutavano a inse-gnare la magia, erano scomparse.

Feci un gran sorriso alle gemelle. «Sarete abbastanza impegnate al negozio, e dovete starne fuori».

Nathaniel guardò tra di noi. «Beh, questa sarà divertente. Assicura-tevi di farlo questo fine settimana, così potrò sentire tutta la storia. Mi offrirei di aiutare perché anch'io posso catturare incantesimi, ma ad essere onesto, sono un po' arrugginito perché non sono stato a casa. Non credo che ora sia il momento per me di lucidare le mie capacità di lanciare incantesimi».

«Parlando di casa», intervenne mia madre, «tornerai presto a vivere qui?»

Nathaniel fece un gran sorriso. «Certo, Mamma. Ne ho già parlato con Gabriel. Ho intenzione di aiutarlo con Mystic Maple».

Mia madre gli rivolse un sorriso lacrimoso, alzandosi per fare il giro del tavolo e abbracciarlo, ponendo effettivamente fine all'attenzione sulle margherite. Mentre ce ne andavamo un po' più tardi, mio fratello Gabriel chiamò dal corridoio. «Domani pomeriggio, vi incontrerò alla dépendance e andremo da lì».

CAPITOLO QUATTORDICI

La mattina seguente, con un caffè appena fatto dal Magic Beans e uno scone caldo in un sacchetto da asporto, attraversai la piazza del paese verso Persnickety Potions & Gifts. Una singola margherita cadde dal cielo, e io la guardai scendere pigramente a terra. Sembrava proprio che le margherite stessero diminuendo. Mi chiedevo solo se questa tendenza sarebbe continuata e se tutto questo pasticcio si sarebbe risolto da solo.

«Moira!»

Guardai alle mie spalle e vidi Beatrice. Si era staccata dal suo gruppo di power-walking e stava correndo verso di me con la sua giacca a vento viola brillante e i suoi leggings neri aderenti. Nonostante fosse primavera, le mattine erano ancora fresche. Si fermò scivolando davanti a me mentre l'aspettavo sul sentiero sgombro tra le margherite.

«Buongiorno, Beatrice.»

«Ciao, cara. Volevo parlarti», disse velocemente.

«Che succede?»

«Beh, ieri ho incontrato tua madre e mi ha raccontato del segreto che ha percepito in Olivia. Comunque, mi ha risvegliato la memoria, così sono andata a casa e ho scavato tra vecchi giornali, che erano polverosi e sepolti in soffitta, ma credo di aver trovato qualcosa.»

«Oh?»

«Olivia e Nadine Warren erano amiche al liceo. Erano un po' più giovani di me, quindi non ero amica loro, ma mi sono ricordata che ci fu un po' di trambusto tra loro per la proprietà quando Nadine e Jerome si sposarono. Era una disputa sul confine della proprietà. Nadine cercò di ottenere un'ordinanza restrittiva, ma le fu negata. Inoltre, prima della rottura, i genitori di Olivia non pensavano che Nadine fosse una buona influenza per lei. Anche se è una strega, la sua famiglia è... Beh, i genitori di Olivia provenivano da un ramo della famiglia Good che era un po' snob. Anche se i Wicked e i Good, almeno quelli vicini al centro del potere come i tuoi, non sono mai stati snob, ci sono alcuni rami periferici che lo sono. I genitori di Olivia lo erano, e scoraggiavano la sua amicizia con Nadine. Immagino che questo l'abbia ferita, e poi c'è stata la questione del confine della proprietà.»

«E vivono ancora una accanto all'altra?»

Gli occhi di Beatrice brillarono. «Certo che sì. Non è ovvio perché gli indirizzi sono su strade diverse, ma le proprietà confinano nella parte posteriore.»

«Oh», dissi.

Beatrice inarcò un sopracciglio, annuendo lentamente. «Proprio così.» Con gli occhi socchiusi, un sorriso malizioso le incurvò le labbra. «Lascio a te e al resto di voi giovani capire come risolvere questa piccola questione. Nel frattempo, ho deciso che volerò in Scozia per il tuo matrimonio. Sei una delle mie preferite, quindi non posso mancare. La festa qui non sarà sufficiente.»

«È un viaggio lungo, Beatrice. Significa molto per me che tu voglia esserci, ma non voglio che ti senta obbligata.» Mi sentivo un po' emozionata. Beatrice di solito era tutta affari. Significava molto per me rendermi conto che teneva a me.

Lei ridacchiò. «Sono perfettamente in salute. In effetti, con tutte le mie camminate probabilmente sono più in forma di molte persone più giovani di me. Voglio esserci. Ho sempre voluto andare in Scozia e ora mi hai dato una scusa.» Si avvicinò, stringendomi la spalla e poi facendo un passo indietro. «Devo continuare a camminare. Tu approfondisci quello che ho scoperto», disse agitando il dito prima di girarsi e allontanarsi velocemente, aumentando rapidamente il passo mentre si allontanava da me.

Scavalcando le margherite, finii di attraversare la piazza ed entrai nel negozio, riflettendo su ciò che Beatrice aveva scoperto. Nel tardo pomeriggio, dopo che i gemelli erano arrivati ad aiutarmi nel negozio dopo la scuola, il mio telefono continuava a ronzare incessantemente. Il mio telefono personale raramente riceveva messaggi o chiamate durante la giornata lavorativa. La mia famiglia e i miei amici sapevano che ero occupata al negozio e in genere mi lasciavano in pace.

Quando ronzò di nuovo sul bancone, mi girai per guardare Delia, che era dietro la cassa con me e stava incartando un regalo per un cliente. «Vado nel retro. Devo vedere chi sta cercando di contattarmi.»

Lei mi fece un pollice in su e un ampio sorriso mentre legava un fiocco sul regalo. Afferrando il telefono dal bancone, passai attraverso la tenda di perline nell'area posteriore del nostro negozio.

Charm Cove era decorata con un tappeto di bianco e rosa con spruzzi di viola mescolati. Suppongo che potessimo ritenerci fortunati che le margherite bianche fossero più abbondanti, altrimenti la città sarebbe stata così luminosa di rosa e viola da essere accecante. A eccezione di quelle calpestate, nessuna delle margherite moriva: erano vibranti e vive, i loro petali non appassivano mai.

In quanto tale, Charm Cove era ancora ufficialmente considerata la Meraviglia delle Margherite del Mondo. Più che altro un Oopsy Daisy, secondo me.

Mi sedetti su uno sgabello accanto al tavolo da lavoro nel retro, sospirando nello spazio silenzioso. Il brusio dei clienti in negozio era ormai distante. Tirando fuori il telefono dalla tasca, guardai lo schermo per vedere una serie di messaggi da mia madre, Lea, Liam e Gabriel.

In sintesi, dopo la telefonata di Beatrice a mia madre su ciò che aveva scoperto, Lea aveva inoltre appreso, mentre pranzava al Charm Café, che c'era stata una disputa sui permessi tra Olivia e i Warren il mese scorso.

Dopo avermi dissuaso dal teletrasportarmi ovunque la scorsa notte, il nuovo piano improvvisato era che io andassi lì con Liam e Gabriel per cercare di distrarre Nadine. Gabriel e Liam avrebbero cercato di parlare con il marito.

Non avevo mai fatto così tante visite improvvise a casa di persone in vita mia. Ma la situazione stava diventando un po' critica per quanto riguardava le notizie su Charm Cove. Un'altra coppia di investigatori del soprannaturale era in città e voleva fare uno spettacolo dal vivo proprio qui. Noi non volevamo avere *nulla* a che fare con questo. Sebbene Lea e Penelope si fossero offerte volontarie per essere intervistate e avessero fornito le informazioni più stravaganti che potessero immaginare per cercare di sviare i ben intenzionati investigatori, la loro curiosità non si placava.

Le streghe e gli stregoni non si preoccupavano davvero molto degli investigatori del soprannaturale, principalmente perché le cose che facevano nella ricerca della "verità" erano spesso ridicole. Inoltre, avevano bisogno di possedere poteri per percepire altri poteri. In questo momento però, c'era già troppa attenzione su Charm Cove e sulle margherite. Non ne avevamo bisogno di altra da parte di curiosi investigatori.

Così partii per un'altra visita a sorpresa. Mia madre aveva inventato una storia su una consegna di pozioni a un altro vicino dove avevamo accidentalmente sbagliato indirizzo. Occasionalmente, Persnickety Potions & Gifts preparava ordini speciali di pozioni e li consegnava. Questo servizio veniva offerto da secoli. Oggigiorno avevamo pochissime richieste per questo servizio e non lo pubblicizzavamo. Avevamo comunque ancora alcuni clienti abituali che richiedevano ordini speciali.

Sebbene non fossi così sicura che la storia di mia madre avrebbe funzionato, ero disposta ad assecondarla visto che non riuscivo a pensare a niente di meglio. Dopo aver esaminato tutti i messaggi, feci clic su Rispondi a tutti. *Capito. Chi viene a prendermi?*

La risposta di Liam fu rapida. *Sarò lì tra 30 minuti.*

Tornando all'ingresso, ebbi appena un minuto per fare una pausa nella mezz'ora rimanente e fui sollevata di vedere Lea entrare dalla porta principale, con il campanello che annunciava il suo arrivo. Una folata di fresca aria primaverile entrò insieme a lei. Indossava una leggera stola di un rosso brillante, il suo colore preferito. Dopo essersi pulita i piedi sullo zerbino vicino alla porta, si fermò per aiutare una cliente che stava esaminando le nostre bacchette decorative nella vetrina vicino all'ingresso.

«Queste sono solo per esposizione», disse in risposta a qualcosa che la cliente aveva detto.

«Ma ho sentito dire che le bacchette qui hanno vera magia. Qualcuno l'ha menzionato al telegiornale», disse la donna, scostando un ricciolo dalla fronte mentre guardava Lea.

Lea scosse la testa, con un caldo sorriso sul volto. «Tsk, tsk. Oh cara. Quelle storie al telegiornale dicono le cose più assurde, tutto a causa di questo strano fenomeno naturale. Non c'è magia. È solo una voce infondata. Fidati, sono una delle proprietarie. Saprei se vendessimo bacchette magiche vere».

Lea stava mentendo spudoratamente, ma pazienza. La donna sembrava un po' delusa, ma sorrise dolcemente mentre sollevava la bacchetta. «È così carina. Penso che la prenderò comunque. Forse c'è della magia, e semplicemente tu non sei una strega quindi non lo sai».

Dovetti mordermi l'interno della guancia per non scoppiare a ridere. Lea era una delle streghe più potenti di Charm Cove. Se solo questa donna l'avesse saputo. Celia ridacchiò mentre girava attorno al bancone, i suoi occhi incrociarono i miei.

Occasionalmente, le gemelle combinavano qualche marachella infondendo magia in alcuni dei nostri oggetti. Beh, dovrei precisare. Molti degli oggetti che vendevamo *erano* magici. Ma gli incantesimi erano così sottili da essere impercettibili. Erano tutti incantesimi positivi, per lo più per sollevare l'umore e per chiarire le idee. Solo qualcuno che avesse realmente poteri soprannaturali e la capacità di percepire la magia negli oggetti sarebbe stato in grado di rilevarla. C'erano pochissime persone che potevano farlo, e all'interno dei confini di Charm Cove le conoscevamo tutte.

Di tanto in tanto, le gemelle esageravano un po'. Anche se speravo che avessero imparato la lezione dopo una o due volte in cui le cose erano andate storte. Socchiusi gli occhi verso Celia. Non ebbi bisogno di esprimere a voce i miei sospetti quando lei scosse rapidamente la testa, spalancando gli occhi. «Buono a sapersi», dissi ad alta voce.

«Sai se abbiamo ancora del rimedio *L'Amore Troverà la Sua Strada*?»

chiese, fermandosi accanto a me prima di andare sul retro a controllare.

«Ne abbiamo in abbondanza. Ho preparato un altro lotto proprio la settimana scorsa. È sullo scaffale».

Con un cenno del capo, si affrettò sul retro per prenderlo. Quando mi girai di nuovo, vidi che la donna che Lea stava aiutando stava guardando una teca di vetro al centro del nostro negozio. La teca conteneva una replica di un prezioso medaglione di famiglia. L'anno scorso, quando ero tornata a Charm Cove, l'originale era stato danneggiato. Per farla breve, Liam aveva restaurato il medaglione riportandolo al suo stato originale. Quello era uno dei suoi poteri.

Sebbene avessimo scelto di spostare il medaglione originale altrove, quello esposto qui era ancora potente. Questo per garantire che streghe o stregoni con cattive intenzioni non sospettassero che fosse più di una replica. Oh, le cose che dovevamo fare per mantenere tutto al sicuro. La teca era circondata da strati di protezione.

Ero curiosa riguardo alla curiosità di questa donna. Drizzai le orecchie mentre mi allontanavo da dietro il bancone per vedere se potevo sentire cosa stava dicendo.

«Ho sentito dire che questo medaglione è molto potente. Cosa mi puoi dire al riguardo?» chiese. «Se è così potente, per quale motivo al mondo si trova qui in mezzo alla città?»

Lea non si lasciò cogliere impreparata. «È un cimelio di famiglia. Lo abbiamo avuto nella nostra famiglia per secoli, persino prima che i nostri antenati arrivassero in America. È esposto qui semplicemente perché non crediamo nel nascondere le cose belle. Se ha qualche potere, non ne siamo a conoscenza. Le voci che abbiamo sentito al telegiornale sono novità anche per noi, proprio come per te. Non è magnifico però?»

Lea incrociò il mio sguardo e mi fece l'occhiolino mentre continuava a chiacchierare con la cliente. Mi allontanai, non volendo indugiare e rendere ovvio che stavo ascoltando. Servii un altro cliente e battei lo scontrino, lanciando un'occhiata all'orologio per vedere che era quasi ora che Liam arrivasse. Come se mi avesse letto nel pensiero, Lea si avvicinò al bancone. «Sono qui per darti il cambio. Devi andare».

«Devo chiedere, perché improvvisamente va bene che io sia lì per trasportare se necessario?» chiesi sottovoce.

«Cara, tornerebbe utile se ci fosse un problema. È l'ultima risorsa. Liam sta già aspettando fuori, quindi vai», disse, facendomi cenno di andare.

Affrettandomi sul retro, presi la mia borsa, la giacca e una scatola di pozioni da portare con me per la finta consegna. Con un cenno della mano, mi precipitai fuori.

CAPITOLO QUINDICI

«Il piano è cambiato velocemente oggi», dissi una volta seduta sul sedile del passeggero dell'auto di Liam. Guardando oltre la mia spalla, sorrisi a Gabriel seduto dietro. «Quindi mi hai lasciato il posto davanti, eh?»

Gabriel alzò gli occhi al cielo. «Il tuo fidanzato ha insistito. Non ho avuto molta scelta.»

Sollevai la scatola di pozioni che avevo preso mentre uscivo dal negozio. «Quindi, a chi stiamo presumibilmente consegnando questa?»

«Tom Lewis ha chiamato il suo amico stregone che abita accanto, John Williams. L'uomo è incredibilmente anziano, cammina con un bastone e non guida più. Non vado lì da anni, ma Tom ha detto che se qualcuno dovesse chiedere, fingerà di averci chiamato per ordinare le pozioni», spiegò Gabriel.

«Ok, mettiamoci in moto. Cosa pensate che dovrei chiedere a Nadine per distrarla? E abbiamo idea di quanto siano brutte le margherite lì?»

«Secondo tua madre, la casa è ricoperta di margherite proprio come quella di Olivia. Tom ha detto che John ha riferito che Jerome di solito è fuori a lavorare in giardino a quest'ora del giorno. Gli chiederemo di accompagnarci a casa di John, e tu potrai attendere e chiacchierare con lei.»

«Vedi, abbiamo pensato a tutto», intervenne Gabriel dal sedile posteriore.

Liam ridacchiò mentre usciva da Charming Way imboccando la strada che portava fuori dal centro. «Non è stato così difficile, amico.»

«Qual è il piano se la sorprendiamo mentre cerca di lanciare un incantesimo?»

«Lo intercetto io. Quella parte non è difficile. È il cosa fare dopo che è il problema», disse Gabriel.

«Ci sarà qualcun altro ad aspettarci lì? Perché devo dire, non credo che possiamo spezzare queste combinazioni di incantesimi da soli. Sono formule potenti. Avremo bisogno di aiuto», dissi.

«Gli altri sono tutti pronti a intervenire se ne abbiamo bisogno», rispose Liam.

«Sì, non possiamo esattamente presentarci in massa. Questo li metterebbe sicuramente in allarme», aggiunse Gabriel.

Liam imboccò il vialetto verso la loro casa, procedendo lentamente lungo la strada lunga e tortuosa. Mentre ci avvicinavamo alla casa, le margherite diventavano sempre più fitte, creando una copertura sopra di noi e oscurando la luce. Le margherite ricoprivano gli alberi come rampicanti e si intrecciavano in cima.

«Santo cielo. È peggio di com'era a casa di Olivia», mormorai.

CAPITOLO SEDICI

Scendemmo dalla macchina alla fine del vialetto, e io portavo la scatola di pozioni avvolta in carta marrone. Gabriel chiamò Jerome che stava lavorando nel giardino laterale. Sembrava esserci un'unica area per il giardinaggio che non fosse completamente coperta di margherite. Con il resto del giardino invaso dalle margherite, immaginai che dovesse lavorare quotidianamente per mantenerla libera.

Jerome si raddrizzò da quello che stava facendo e salutò con la mano, rendendo facile per Liam e Gabriel avvicinarsi e chiacchierare. Nel frattempo, camminai sul tappeto di margherite fino alla porta d'ingresso. La porta stessa era coperta di margherite intrecciate strettamente. Qualcuno aveva rimosso i fiori dalla finestra rotonda al centro della porta. Quando bussai e guardai attraverso di essa, vidi Nadine che mi scrutava attraverso il vetro.

Alzai le dita in un piccolo saluto, dicendo attraverso la porta: «Salve, ho la consegna delle vostre pozioni». La bugia mi uscì facilmente.

Nadine spalancò la porta, con uno sguardo perplesso. «Moira Wicked? Non ho ordinato nessuna pozione».

«No?» chiesi, sollevando la scatola per enfatizzare. «Questa non è la casa di John Williams?» domandai.

Il suo sguardo si schiarì. «Oh no, è la casa da quella parte», spiegò, indicando in direzione di un angolo dietro la loro casa. «Il vialetto è molto più avanti sull'altra strada a causa del modo in cui la proprietà confina con la nostra».

«Oh, beh, mi dispiace disturbarLa. Può dirmi come arrivarci?» chiesi, pienamente preparata a fingermi ignara, chiedere indicazioni e comportarmi come se non avessi idea di dove fossi. «Di solito non vengo in questa parte della città». Fortunatamente, stavo dicendo la pura verità su questo, rendendo più facile mentire. Era dalla parte opposta della città rispetto a dove ero cresciuta e in strade dove non avevo trascorso molto tempo. Detto questo, sapevo ancora esattamente dove si trovava la casa accanto e come arrivarci.

«Oh certo», disse, uscendo sui gradini e guardandosi intorno nel giardino. Si fece ombra agli occhi per guardare verso dove Liam e Gabriel stavano parlando con suo marito.

«Devo dire che avete davvero molte margherite qui», aggiunsi in tono conversazionale, come se stessi semplicemente commentando il tempo.

Nadine annuì, riportando lo sguardo su di me. «Sono ovunque a Charm Cove in questo momento. Non credo che ne abbiamo più di chiunque altro».

Girandomi, osservai il giardino, sperando di mantenere viva la conversazione. Gabriel e Liam stavano ancora parlando con suo marito, che gesticolava verso il loro veicolo coperto di margherite. Proprio come quello di Olivia, il loro veicolo era così fittamente coperto di margherite che si sarebbe pensato fosse lì da anni. Sapevo per certo che erano stati alla riunione del municipio qualche giorno prima perché li avevo visti lì. Avrebbero avuto bisogno di un seghetto per togliere le margherite a questo punto.

Mi feci ombra agli occhi, guardando in alto mentre alcune margherite cadevano dal cielo. Guardando di nuovo verso Nadine, scossi lentamente la testa. «Ci sono sicuramente margherite ovunque. Sembra che qui siano diventate un po' selvagge. Lei era alla riunione del municipio l'altra sera, vero? Spero davvero che riescano a risolvere tutto questo», dissi, sforzandomi di mantenere un tono casual.

Nadine annuì. «Oh sì. Siamo andati anche noi alla riunione. È tutto un po' strano. Abbiamo dovuto usare un rastrello e delle cesoie da giardino per togliere tutte le margherite dalla macchina l'altra sera».

Forse perché ero lì con falsi pretesti, temevo che in qualche modo se ne sarebbe accorta. Se lo fece, non lo diede a vedere. Tuttavia, il suo sguardo continuava a spostarsi verso suo marito. Lui aveva guardato nella nostra direzione alcune volte mentre appoggiava il gomito alla fine di una pala e chiacchierava con Gabriel e Liam. Mi chiedevo se ci fosse un modo per entrare in casa.

«Beh, sembra che dovrò fare un po' di strada per arrivare al vialetto giusto. Le dispiace se uso il suo bagno?» Di solito non chiedevo di usare il bagno a semplici conoscenti, ma pensai che questo mi avrebbe fatto entrare in casa.

Nadine socchiuse gli occhi, sembrando leggermente sospettosa. Per un momento, pensai che stesse per dire di no. Tuttavia, sembrava avere buone maniere, e dopo una breve esitazione, rientrò attraverso la porta e mi fece cenno di seguirla in casa.

Una volta dentro, mi guardai intorno, naturalmente curiosa. Era una piccola casa in stile Cape Cod. La scala al centro del piano inferiore, appena oltre la porta d'ingresso, aveva margherite che si avvolgevano intorno alla ringhiera. La casa era leggermente buia con alcune finestre oscurate dalle margherite che le coprivano dall'esterno. Avevano rimosso le margherite da alcune finestre, lasciando entrare la luce naturale in poche aree.

«Mi segua», disse Nadine mentre girava intorno alle scale.

La casa sembrava congelata nel tempo, specificamente negli anni '70. Avevano un tappeto peloso verde brillante e mobili in tinta. Un divano e due poltrone erano appoggiati alla parete con un piccolo tavolino da caffè in legno e tavolini coordinati. La carta da parati era gialla sbiadita con puntini su tutta la superficie.

Mi accompagnò attraverso il soggiorno fino al retro dove passammo accanto a un arco che conduceva alla cucina. Si fermò appena oltre la cucina lungo un breve corridoio, indicando una porta accanto alla cucina. «Ecco qua. Io vado fuori a controllare mio marito».

Dopo averla ringraziata e chiuso la porta del bagno alle mie spalle, ho ascoltato i suoi passi smorzati mentre tornava verso l'ingresso della casa. Mi sono assicurata di trattenermi abbastanza a lungo da far sembrare che fossi effettivamente andata in bagno. Per buona misura, ho tirato inutilmente lo sciacquone, provando un pizzico di senso di colpa per lo spreco d'acqua, e mi sono lavata le mani. Proprio mentre mi stavo asciugando le mani, ho sentito un'altra voce, una voce femminile.

Fermandomi con la mano sulla maniglia, mi sono chiesta chi altro fosse arrivato in casa. Non ho dovuto aspettare molto perché subito dopo ho sentito un rombo di tuono all'esterno.

E poi sono iniziate le urla.

«Come osi?!»

Ho attribuito quella voce a Nadine.

«Come oso io?»

«Sì, sei tu quella che ha fatto una scenata per un confine di proprietà.»

«Oh, per l'amor del cielo. Sei assolutamente ridicola. Ho tutto il diritto di chiedere che il rilevamento chiarisca i confini tra i nostri terreni. Non posso credere quanto sia diventata assurda questa situazione, per niente più che un confine di proprietà contestato. Pensavo avessimo risolto la questione quando voi due vi siete sposati. Parker mi aveva assicurato di aver presentato i documenti per quella controversia all'epoca, e la questione era stata risolta.»

Finalmente ho riconosciuto la voce di Olivia. *Un confine di proprietà contestato?*

Parker era il defunto marito di Olivia. Presumo si riferisse alla disputa nei documenti che Beatrice aveva menzionato, risalente a decenni fa. Ho deciso che era il momento di far notare la mia presenza. Mentre aprivo la porta, ho sentito un altro forte rombo di tuono fuori. Non sapevo quale delle due stesse manipolando il tempo, ma chiaramente una di loro aveva questo potere.

Uscendo dal bagno e passando per l'arco che conduceva in cucina, ho svoltato l'angolo dal breve corridoio verso il soggiorno. Ho trovato Olivia in piedi con le mani sui fianchi, che fulminava Nadine con lo sguardo.

Nadine mi ha lanciato un'occhiata, ma ha chiaramente deciso che non le importava del pubblico. Con gli occhi stretti e scuri, è tornata a guardare Olivia. «Sì, tutto questo trambusto per un confine di proprietà. Quel terreno è nostro», ha detto, incrociando fermamente le braccia.

Olivia ha battuto il piede sul pavimento. «Assolutamente no, e ho le mappe catastali per provarlo. Da quando ho inviato le copie certificate qui, hai iniziato a fare una dannata scenata.»

Nadine ha arricciato il naso. «Non sto facendo nessuna scenata», ha detto con uno sbuffo.

In quel momento, la porta d'ingresso si è spalancata, sbattendo contro il muro con un forte tonfo. Alcune margherite sono volate dentro con una raffica di vento. Jerome è apparso sulla soglia, entrando a grandi passi con Gabriel e Liam subito dietro di lui. «Questo è ridicolo, Nadine», ha annunciato.

A Nadine questo non è piaciuto molto. Ha fissato lo sguardo su di lui, con gli occhi scintillanti e scuri. «No, non lo è. Quella è la nostra proprietà», ha detto, scandendo ogni parola con un colpo del suo indice in aria. Ad ogni colpo, il suono del tuono rimbombava, sempre più forte e vicino ogni volta successiva.

Chiaramente, Nadine era la fonte del potere meteorologico. Ho guardato tra le due donne. «Volete dirmi che tutta questa ridicola storia delle margherite è per una discussione su un confine di proprietà?»

Le labbra di Olivia hanno tremato leggermente agli angoli, ma non si è degnata di rispondere.

Nadine chiaramente non l'ha trovato divertente e ha stretto le labbra. Ha iniziato ad alzare la mano di nuovo prima di lasciarla ricadere. «Non sta facendo male a nessuno. Non capisco perché ti interessi», ha aggiunto con uno sbuffo.

«Perché abbiamo un problema. Charm Cove è riuscita a mantenere i nostri segreti per secoli. Voi due avete un piccolo battibecco, apparentemente per un confine di proprietà, e sta minacciando tutto questo. Litigate pure, ma non mettete a rischio tutti gli altri», ho detto.

Jerome ha incrociato il mio sguardo, annuendo lentamente. «È esattamente quello che ho detto io.»

Olivia e Nadine si sono semplicemente fissate. Con la porta d'ingresso ancora aperta, avevo una chiara visione dell'esplosione di margherite che cadevano dal cielo.

«Bene, visto che loro non spiegano ulteriormente, puoi dirci come è iniziato tutto questo?» ha chiesto Liam, facendo un gesto verso Jerome.

«Certamente. Ammetto che quando abbiamo ricevuto le mappe catastali per posta raccomandata», ha detto con un'occhiata al cielo, «volevo semplicemente ignorarle. Ho usato quella parte posteriore della nostra proprietà per una parte del mio giardino per decenni e il nostro sistema settico è là dietro. Apparentemente, stavamo sconfinando nella sua proprietà. È vero che c'era stata una piccola disputa quando ci siamo sposati, ma sembra che i paletti di confine siano marciti, quindi non me ne sono accorto quando abbiamo installato il nuovo sistema settico. È stato un errore abbastanza innocente. Ma non è allora che è iniziato tutto questo. Hanno avuto una discussione anni fa per qualcos'altro di non correlato. Non hanno mai seppellito l'ascia di guerra, per così dire. Questo ha riacceso le cose in modo folle. Dobbiamo pagare per un nuovo sistema settico, e semplicemente non abbiamo i soldi in questo momento.»

Ha guardato sua moglie, socchiudendo gli occhi. «*Lei* è responsabile del tempo.» Il suo sguardo si è spostato su Olivia. «E sono abbastanza sicuro che lei sia responsabile delle margherite. Per quanto riguarda ciò che ha dato inizio a tutta questa faccenda, mia moglie sa come tenere il broncio.»

«Il broncio per cosa?» ho interloquito.

Nadine ha sbuffato e alzato gli occhi al cielo. «Lei ha fatto questo quando eravamo più giovani.»

«Ti ha mandato un rilevamento dei confini di proprietà?» ha chiesto Gabriel inarcando un sopracciglio. Si è avvicinato con passo disinvolto, ma io sapevo bene. Si stava posizionando in modo tale che se una di loro avesse lanciato un altro incantesimo meteorologico, sarebbe stato in grado di intercettarlo.

«No, mi ha rubato la bicicletta», ha risposto Nadine, con tono testardo.

Una piccola risata stava per sfuggirmi. Mi sono morsa le guance in modo che non fosse molto più di un forte respiro. Troppo tardi comunque.

«Non è divertente», ha detto Nadine, fulminandomi con lo sguardo. «Avevamo dieci anni, e lei mi ha rubato la bicicletta. Ora lo sta facendo di nuovo e sta rubando la nostra proprietà. Inoltre, sono usciti insieme una volta molto tempo fa.»

Olivia ha alzato gli occhi al cielo, con forza. «Santo cielo. Sei completamente fuori di testa. Sono stata felicemente sposata con Parker per anni, che Dio abbia in gloria la sua anima. Hai ancora le mutande attorcigliate per quella bicicletta—che non ho rubato, ho preso in prestito e poi restituito. Ho persino chiesto scusa, ma non l'hai mai superata. Pensare che tu abbia iniziato tutto questo perché credi che ti stia rubando la proprietà è ridicolo.»

Olivia ci guardò, alzando le mani per l'esasperazione e lasciandole ricadere. «L'unico motivo per cui ho fatto fare un rilievo è perché sto considerando di vendere la mia proprietà. Il geometra ha scoperto che parte del loro giardino e della loro fossa settica si estende sulla mia proprietà. Tutto qui. Non ho fatto fare il rilievo per causare problemi. Le cose potrebbero essere un po' sfuggite di mano, lo ammetto. Lei ha fatto quella sua piccola cosa con i tuoni, e io l'ho respinta con le margherite. E ora, beh... Eccoci qui».

Nadine fece per alzare di nuovo la mano, con le guance che si arrossavano. In quel momento, Gabriel mosse appena il polso. Ogni volta che Gabriel intercettava un incantesimo, questo si manifestava in una piccola sfera bianca luminosa nelle sue mani. In questo caso, la sfera non era troppo grande, all'incirca delle dimensioni di una palla da baseball.

Strinse gli occhi, guardando dall'incantesimo catturato nelle sue mani a Nadine. «Fa questo ogni volta che è arrabbiata?» chiese.

Jerome annuì. «È un po' lunatica», offrì con una scrollata di spalle. «Non è mai stata molto brava a controllare la sua magia».

Sospirai. «È questo l'incantesimo che hai usato per iniziare i tuoni e poi lei ha lanciato un incantesimo floreale?» chiesi, guardando alternativamente Nadine e Olivia.

«È così che è iniziato tutto questo pasticcio. Abbiamo avuto una discussione. Tutto qui. E poi è sfuggita di mano. Per quanto posso dire, lei continua a scagliare tuoni nel cielo. Una volta che ho capito cosa stava succedendo, ho messo fine alle margherite, ma non riesco a fermarle completamente. Qualsiasi cosa segua ora proviene dall'incantesimo originale. Ammetto che all'inizio pensavo fosse divertente finché l'intera maledetta città non è stata coperta di margherite e siamo finiti su tutti i notiziari. Mi rendo conto del rischio che comporta, quindi sto cercando di essere più responsabile».

Le guance di Nadine erano ancora arrossate, ma rimase in silenzio. Guardai da Gabriel a Liam. «Non sono sicura di come fermare questo. Sembra che l'incantesimo si stia moltiplicando. Se è così, abbiamo un serio problema».

Nadine annuì. Sembrava un po' imbarazzata. «Si sta moltiplicando. Come ha detto Jerome, ho qualche difficoltà a gestire la mia magia. Ogni volta che agito le mani, si verifica un piccolo tuono. È stato un problema fin da quando ero bambina». Mi guardò, stringendo le labbra. «Non sono una Wicked, quindi non sono un'esperta. La mia magia è un po' caotica. Nella mia famiglia, nessuno mi ha mai insegnato come controllarla. Così ora quando mi arrabbio, beh, succedono i tuoni. Non abbiamo davvero parlato da quando abbiamo avuto quella discussione e tutto questo è iniziato. Da allora, sono stata solo infastidita dall'intera situazione».

Guardando verso Gabriel, annuii. «Penso sia sicuro dissolvere quell'incantesimo».

Gabriel lo fece prontamente, la sfera bianca luminosa nella sua mano si dissolse in glitter che caddero sul pavimento prima di scomparire. Dopo che fu fatto, guardai il gruppo. «Non credo che nessuno di noi dovrebbe andarsene finché non capiamo come interrompere questo incantesimo che sembra moltiplicarsi e che avete creato. Qualche idea?» chiesi a Liam quando si mise al mio fianco.

«Gli incantesimi che si moltiplicano sono incredibilmente difficili da contrastare. Non credo che noi cinque qui abbiamo abbastanza potere per fermarlo», disse, con uno sguardo preoccupato.

«La prossima volta», iniziai con uno sguardo severo tra Nadine e Olivia, «non litigate per sciocchezze coinvolgendo il meteo e i fiori. State mettendo tutti noi a rischio per qualcosa di così ridicolo».

Olivia sospirò, sembrando adeguatamente rimproverata.

Nel frattempo, Nadine sbuffò di nuovo. «Beh...»

La guardai severamente. «Tu *devi* scherzare. È per un confine di proprietà. Un confine di proprietà! E apparentemente una bicicletta rubata da chissà quanto tempo fa e un appuntamento. Superate la cosa».

«Abbiamo bisogno di chiamare rinforzi. Chiamerò i miei genitori e Jacob», disse rapidamente Liam.

Gabriel intervenne, «E io chiamerò i nostri».

Tirando fuori il telefono, aggiunsi. «Io chiamerò Beatrice, Penelope, e poi avviserò Lea di chiudere il negozio».

CAPITOLO DICIASSETTE

Nel giro di un'ora, avevamo il giardino pieno di streghe e stregoni. Liam, Gabriel e io eravamo lì, insieme a Nadine e Jerome. Anche Olivia era rimasta. Jacob e Lea si sono uniti a noi con entrambi i miei genitori, i genitori di Liam, Opal e Theo, Beatrice Powers, Tom Lewis, le gemelle, Emma e Jackson, e alcuni altri che Beatrice aveva portato con sé. Era una delle streghe più anziane che viveva a Charm Cove e aveva chiamato alcune streghe e stregoni che raramente si vedevano in giro per la città, ma che erano piuttosto potenti.

Opal si mise le mani sui fianchi e diede un'occhiata al gruppo. Al momento, stavamo gironzolando senza meta. «Qualcun altro deve ancora arrivare?» chiese, scrutando il gruppo con lo sguardo.

Beatrice scosse la testa e alzò gli occhi al cielo guardando Opal. A Opal piaceva dirigere lo spettacolo, anche se Beatrice la superava decisamente in potere e autorità. Opal scelse di ignorare questo fatto.

«Bene, abbiamo bisogno di un piano e in fretta», commentò Beatrice.

Opal guardò i miei genitori e poi Jacob e Lea. «Voi tutti siete i custodi delle due biblioteche con più informazioni sugli incantesimi. Cosa sappiamo di quello che possiamo fare per contrastare un incantesimo di moltiplicazione che va avanti da tre settimane ormai?»

Più a lungo andava avanti un incantesimo di moltiplicazione, più potente diventava. Era come una palla che rotola giù per una collina, acquistando slancio e potenza man mano che procede.

Mio padre annuì, schiarendosi la gola. «Abbiamo bisogno di un incantesimo di blocco».

«Un incantesimo di blocco potentissimo», aggiunse Jacob.

«Forse il miglior approccio è che tutti noi ci concentriamo sul blocco? Anche se coloro che hanno maggior potere con il blocco devono iniziare il processo. Questo significa», Opal fece una pausa, indicando Liam, il padre di Liam, Jacob, mio padre e Beatrice, «che tutti voi che siete specializzati in quel potere e ne avete in abbondanza dovete iniziare l'incantesimo. Poi, il resto di noi si unirà e si spera che quella quantità di moltiplicazione lo fermerà. Infine, abbiamo bisogno di qualcuno che lo contenga e che canalizzi il potere nel modo più efficace. Abbiamo bisogno che il potere di blocco sia canalizzato e poi disperso».

«Emma, Celia, Delia e Lea sono incaricate di contenere», intervenne Beatrice prima di voltarsi verso di me. «Infine, abbiamo bisogno che tu lo disperda».

«Eh?»

Beatrice sorrise. «Sì, cara. Quando ti trasporti, stai disperdendo potere. Ti suggerisco di usare il tuo potere per una variazione su questo. Non esiste un incantesimo diretto per trasportare l'energia nel modo in cui trasporti te stessa. Non preoccuparti, non volerai nel cielo per diventare una margherita». Quel commento suscitò qualche risatina tra il gruppo. «Piuttosto, voglio che concentri ciò che fai quando ti trasporti sull'incantesimo di blocco che stiamo creando. Quando senti il potere dell'incantesimo di blocco, dirigi quell'energia dritto verso il cielo».

Istintivamente, guardai Liam, mentre la tensione si accumulava in tutto il mio corpo. Non avevo mai fatto nulla di simile, e tutto sembrava un po' travolgente. Il fatto era che se non avessimo fermato presto questo incantesimo di moltiplicazione, saremmo stati a rischio che le margherite superassero i confini di Charm Cove. Questa preoccupazione era stata espressa da molte persone mentre ci radunavamo lentamente qui nell'ultima mezz'ora o giù di lì. Gli incantesimi di moltiplicazione non erano una cosa con cui scherzare.

Dopo un respiro profondo per calmarmi, annuii. «Va bene, ci proverò, ma non posso promettere che funzionerà».

«Avrai successo», disse mia madre con fermezza, il suo tono molto più fiducioso di quanto mi sentissi dentro.

Quando Opal alzò le mani, tutti si zittirono e lentamente formarono un cerchio senza bisogno di alcuna istruzione. Chiunque risiedesse a Charm Cove come strega o stregone faceva parte del nostro coven. Non ne parlavamo in questi termini molto spesso, se non altro perché quel termine era usato troppo nella cultura popolare di oggi. Tuttavia, era quello che eravamo.

Una volta completato il cerchio, non ci prendemmo per mano perché non era necessario. Quasi tutti chiusero gli occhi e si calmarono. Coloro che possedevano il potere di blocco più forte - Liam, suo padre, Jacob e mio padre - iniziarono. Beatrice attese, il suo sguardo che scansionava il cerchio. Dopo qualche minuto in più, altri si unirono. Era raro che un evento del genere accadesse, principalmente perché raramente era necessario. Erano passati molti anni dall'ultima volta che avevo visto questo tipo di potere tutto in un unico posto, che lavorava insieme per un obiettivo comune.

L'aria iniziò a vibrare, sollevando i peli sulla nuca e inviando elettricità attraverso il mio corpo. Un formicolio familiare mi attraversò le dita, salì fino alle spalle e scese lungo la schiena. Il mio sguardo si posò su Beatrice, e lei annuì prima di unirsi al cerchio di blocco.

Successivamente, Emma, le gemelle e Lea fecero la loro parte. Contenevano l'intero cerchio di noi con bande luminose che trattenevano e proteggevano un'immensa quantità di potere in un unico luogo.

Proprio mentre mi stavo chiedendo se dovessi fare qualcosa, sentii lo sguardo di Beatrice su di me. Annuì e poi chiuse gli occhi. Il mio corpo aveva già percepito il potere che prendeva il sopravvento. Chiudendo gli occhi, lasciai che la mia mente si acquietasse e concentrai il mio potere. Normalmente, lo concentravo dentro di me, perché di solito stavo trasportando me stessa. Questa volta, feci come aveva indicato Beatrice e concentrai la mia energia sull'enorme potere che vibrava al centro del cerchio tenuto strettamente in posizione dal contenimento.

La forza dentro di me crebbe fino a un'intensità quasi insopportabile prima che la lasciassi andare e la scagliassi verso il cielo. Metaforicamente parlando, è chiaro.

Quando mi trasportavo, era sempre una sensazione piuttosto strana, non importa quante volte lo facessi. Questa volta, con la mia attenzione non sul mio stesso corpo ma all'esterno di me, l'energia si accumulò rapidamente e poi si sciolse. Aprendo gli occhi, guardai mentre scintille luccicanti dal mio incantesimo volavano in mezzo al cerchio di contenimento e poi in alto nel cielo, disperdendosi attraverso l'orizzonte proprio come Beatrice aveva sperato.

Capitava che fossi l'unica persona con gli occhi aperti perché tutti gli altri si stavano concentrando sui rispettivi compiti. Rimasi in silenzio e attesi mentre il luccichio si diffondeva a perdita d'occhio. Dopo un altro momento, Beatrice parlò. «Basta».

Per prima cosa, Emma, Lea, Celia e Delia liberarono il loro incantesimo di contenimento. Gli anelli luminosi che circondavano tutti si dissiparono, cadendo come scintille a terra. Il resto del gruppo aprì gli occhi. L'intensa potenza che brillava nell'aria lentamente si attenuò.

Era un po' come abbassare lentamente il volume della musica alta. Il ronzio e la vibrazione si dissiparono fino a quando il silenzio ci circondò. Alzammo tutti lo sguardo dove si potevano ancora vedere le scintille luccicanti che si diffondevano nel cielo.

Beatrice raggiava, i suoi occhi marroni incontrarono i miei.

«Spero che abbia funzionato» dissi timidamente.

CAPITOLO DICIOTTO

Mio padre e Jacob si avvicinarono insieme. Condividevano tipi di magia correlati. Jacob poteva percepire gli incantesimi di natura più specifica. Per tutti gli incantesimi lanciati, sarebbe stato in grado di percepirli e di sapere chi era stato responsabile del loro lancio. Aveva la capacità di captare tracce di magia nell'aria. Nel frattempo, mio padre aveva la capacità di percepire l'esistenza della magia. Se qualcuno voleva nascondere le proprie abilità soprannaturali attorno a mio padre, non aveva speranza. Di tanto in tanto, lui e Jacob lavoravano insieme, combinando la forza dei loro poteri per percepire insieme se un incantesimo fosse stato efficace.

Tutti si zittirono di nuovo mentre loro chiudevano gli occhi. Dopo un momento, li riaprirono all'unisono. «Gli incantesimi di moltiplicazione si sono fermati», disse mio padre. Abbozzò un sorriso, cosa rara per lui. Aveva un senso dell'umorismo sottile, ma era un uomo piuttosto riservato per natura.

«Grazie al cielo», esclamò mia madre con un coro di approvazione mormorato a seguito.

Il gruppo si sciolse, e Lea si allontanò dal suo posto nel cerchio. Si avvicinò a Olivia. Si fermò di fronte a lei e appoggiò una mano sul fianco. «Non lasciare che succeda di nuovo qualcosa del genere. È stato ridicolo. Forse pensavi fosse divertente, ma è completamente sfuggito di mano».

Olivia sembrava marginalmente pentita. «Non mi rendevo conto che sarebbe diventato così fuori controllo. Per non parlare del fatto che non sapevo che Nadine non avesse molto controllo sulla sua magia». Fece una pausa, voltandosi a guardare Nadine. «Devi imparare a controllarla», aggiunse.

«Ho una pozione che può aiutarti con questo», offrì mia madre, camminando al fianco di Nadine.

Nadine sembrava un po' imbarazzata. «Nessuno si è fatto male», mormorò.

«Sì, ma le cose sono sfuggite di mano. Dovresti lavorare con Camille e lasciarti aiutare a controllare la tua magia», disse Lea. Il suo sguardo rimbalzava tra Nadine e Olivia. «E voi due non potete più litigare per cose stupide. Tutto questo per un confine di proprietà».

«Un'ultima cosa», intervenne Beatrice.

«Cosa?» chiesi.

«Dobbiamo sapere dov'era la margherita originale che hai usato per iniziare l'incantesimo», spiegò, guardando Olivia.

«Oh, giusto. Bene, andiamo a casa mia», rispose Olivia.

«Non dobbiamo andarci tutti. Tu però sì», disse Beatrice, indicando Liam.

«Perché io?» ribatté lui.

«Abbiamo bisogno che tu riporti quella margherita al suo stato originale, il che eliminerà ogni traccia residua di magia dall'incantesimo. Potrebbe essere eccessivo, ma è una precauzione affinché questo non ricominci», spiegò Beatrice.

Liam incrociò il mio sguardo, e io annuii. «Andiamo». Guardai mio fratello Gabriel. «Vuoi venire con noi o tornare a casa?

Gabriel sorrise. «Ho avuto abbastanza magia per oggi. Tornerò a casa con mamma e papà. Devo comunque andare alla fattoria per incontrare Nathaniel per occuparmi di alcune cose». Si riferiva alla fattoria di produzione di sciroppo d'acero che aveva ereditato dal nostro lontano cugino quando era morto.

«Venite a cena stasera», gridò mia madre quando Liam prese la mia mano nella sua mentre camminavamo verso la macchina. Con un cenno, lui ed io ci dirigemmo verso la casa di Olivia, seguendo Beatrice e la sua amica Eva.

———

Quest'ultima parte non richiese molto tempo. Olivia sapeva esattamente quale margherita aveva usato per lanciare l'incantesimo originale. Ci condusse intorno al suo giardino ancora coperto di margherite fino a un'aiuola piena di margherite e indicò il centro.

«Proprio lì. Quella così grande. L'ho fatto solo per un po' di divertimento, onestamente», disse, guardando da me a Beatrice ed Eva. «Nadine è così rigida, e pensavo sarebbe stato divertente. Non avevo idea che la moltiplicazione avrebbe iniziato a verificarsi con il suo incantesimo meteorologico».

«Si impara vivendo, suppongo», commentò Eva con una scrollata di spalle.

Beatrice era tutta concentrata sul lavoro. Con uno sguardo diretto a Liam, disse: «Usa la tua magia e riporta quel fiore a com'era prima di tutta questa follia».

Uno dei poteri magici unici di Liam era la capacità di riportare le cose al loro stato originale. La magia non si applicava alle creature, come animali ed esseri umani. Ma funzionava a meraviglia per oggetti, piante e simili.

Ci allontanammo da Liam mentre si avvicinava alla margherita in questione. Si inginocchiò nell'aiuola e racchiuse tra le mani l'enorme margherita che Olivia aveva identificato.

Dopo aver chiuso gli occhi, l'aria iniziò a ronzare leggermente. Non era minimamente la forza dell'incantesimo collettivo di prima, ma abbastanza perché la vibrazione si sentisse nell'aria intorno a noi. Mentre guardavamo, la gigantesca margherita lentamente si ridusse a dimensione normale.

Dopo un momento, si alzò, abbassando le mani e guardando in basso. «Bene, ora sembra più una margherita normale».

Olivia sospirò. «È stato divertente finché è durato, ma persino io stavo iniziando a preoccuparmi di come farlo smettere. Avevo completamente eliminato il mio incantesimo originale, ma non riuscivo a capire perché continuassero ad apparire. È stato allora che ho capito che l'incantesimo doveva aver iniziato a moltiplicarsi. Grazie al cielo è finita. Amo le margherite, ma non così tanto».

Beatrice ridacchiò mentre si voltava per andarsene con Eva.

CAPITOLO DICIANNOVE

Quella sera, come richiesto, Liam ed io andammo a cena a casa dei miei genitori. Stavamo gustando una torta ai mirtilli fatta con gli ultimi mirtilli che mia madre aveva congelato per l'inverno. Guardai Nathaniel dopo aver spinto via il mio piatto vuoto. «Allora, qual è il piano?»

«Prima di tutto, devo cacciare Gabriel dal cottage del custode così posso trasferirmici io», disse Nathaniel, lanciando un sorriso verso Gabriel.

Gabriel alzò le spalle e roteò gli occhi. «C'è solo una camera da letto. Puoi avere il divano».

Nathaniel ridacchiò. «Certo. Seriamente, non sono sicuro. Devo sistemare alcune cose prima di trasferirmi. In ogni caso, sarò al tuo matrimonio in Scozia questa estate».

«Sei sicuro? Non sei obbligato a venire. Faremo una festa qui a Charm Cove verso il prossimo Natale. Se è troppo complicato arrivare in Scozia, potresti venire a quella», dissi.

Mia madre socchiuse gli occhi. «Assolutamente no. Tu *sarai* a quel matrimonio in Scozia», ordinò.

Mia madre si era in gran parte trattenuta dal comandarmi troppo riguardo al matrimonio, ma non mi sorprendeva che si aspettasse che tutti i miei fratelli partecipassero. Rimasi in silenzio. Pensai che fosse sufficiente che stessi pianificando di adempiere al mio destino.

Non ero affatto sconvolta all'idea di incontrare il mio destino, ma quando metà della città e le nostre famiglie avevano opinioni su cosa dovesse accadere al nostro matrimonio, beh, a volte era un po' troppo. Suppongo di dover ringraziare Charm Cove e le sue varie marachelle e magie per tenermi altrimenti occupata.

Liam mi prese la mano sotto il tavolo e la strinse mentre prendevo un sorso del mio vino.

Nathanial sorrise a mia madre. «Certo che ci sarò, mamma. *Non* devi preoccuparti. Non mi perderei il matrimonio di Moira per nulla al mondo».

«Non fare niente di ridicolo», dissi lanciandogli un'occhiata di finto rimprovero.

Nathaniel era decisamente l'autore di scherzi pratici della nostra famiglia. Immaginavo che avesse qualcosa in serbo per il nostro matrimonio, ma chissà cosa.

———

Più tardi quella notte, agitai le dita dei piedi mentre allungavo le gambe sul divano. Ero appoggiata alla spalla di Liam con Ghost che faceva le fusa accanto a lui. Ci stavamo rilassando dopo una giornata piuttosto movimentata guardando il telegiornale della sera. Dopo la fine di una pausa pubblicitaria, iniziò il segmento successivo.

«Nel notiziario locale di stasera del Maine, ci sono state molteplici segnalazioni di uno strano fenomeno visto nel cielo sopra Charm Cove questo pomeriggio», iniziò il reporter. «I testimoni hanno riferito di aver visto il cielo riempirsi apparentemente di scintille per diversi minuti. Le scintille alla fine si sono dissipate, ma gli osservatori erano preoccupati.

«Con Charm Cove ancora coperta di margherite e ancora nessuna risposta dagli esperti su cosa stia rendendo la città la Meraviglia delle Margherite del Mondo, le persone sono comprensibilmente preoccupate per cosa altro stia succedendo». Lo schermo passò ad alcune foto scelte del centro di Charm Cove drappeggiato di margherite. «Non ci sono ancora risposte. Sempre più spesso, le notizie che sentiamo da Charm Cove indicano che la sua fantasiosa storia di streghe e stregoni non è altro che qualche racconto esagerato. Tuttavia, abbiamo la nostra reporter sul campo a Charm Cove, Amy Wells, per riferire sull'ultimo fenomeno. A te, Amy. Cosa puoi dirci di ciò che hai visto e sentito questo pomeriggio?»

Lo schermo passò a una fotografia sfocata del cielo sopra Charm Cove con scie di luce. La telecamera poi inquadrò Amy, una bella donna con i capelli castani corti.

«Beh, Chuck, come hai appena detto, ci sono state molteplici segnalazioni di persone che hanno osservato scintille di luce nel cielo questo pomeriggio. Ho personalmente parlato con numerose persone che hanno assistito al fenomeno, ma nessuno sa cosa fosse. Tutti affermano di non aver mai visto niente del genere. Ho qui uno scienziato di una delle agenzie meteorologiche nazionali per parlarci delle possibili spiegazioni naturali per ciò che le persone hanno visto».

Un uomo alto con i capelli grigi si sporse in avanti, prendendo il microfono da Amy. Si lanciò in varie spiegazioni sul perché a volte ci fossero scintille nel cielo. «In conclusione, per quanto possa essere sembrato strano, a differenza delle margherite, esistono fenomeni naturali che creerebbero questa illusione temporanea. Non crediamo ci sia nulla di cui le persone debbano preoccuparsi. Su un'altra nota, sembra che le margherite che cadono dal cielo siano diminuite ultimamente. Speriamo che forse questa possa essere la fine di quel fenomeno. Non siamo ancora riusciti a trovare una spiegazione per questo. Potrebbe rimanere un mistero per anni a venire».

Con un sorriso allegro, Amy riprese il microfono dallo scienziato. «Questo è tutto quello che abbiamo dal campo qui a Charm Cove. A te, Chuck».

Alzando lo sguardo verso Liam, scoppiai a ridere. Lui ridacchiò, e il notiziario passò alle previsioni del tempo.

EPILOGO

Alcune settimane dopo, uscii dalla porta principale e diedi un'occhiata a tutte le margherite appassite rimaste. Non erano più cadute margherite dal cielo da quando eravamo riusciti a fermare l'incantesimo di moltiplicazione. Le margherite avevano anche smesso di crescere in modo selvaggio, e quelle che erano rimaste sul terreno finalmente avevano iniziato ad appassire e morire. Le uniche margherite ancora vive erano quelle che si potrebbero considerare margherite normali, per così dire. La città stava gradualmente ripulendo tutto, anche se era un po' un'impresa.

Ghost sfrecciò fuori dalla porta dietro di me, partendo per quella che presumevo fosse una giornata di divertimento e svago. Liam chiuse la porta dietro di me, e ci dirigemmo in centro. Mi lasciò al Magic Beans sulla strada per il suo ufficio. La vita stava cominciando a sembrare di nuovo quasi normale. Beh, il più *normale* possibile in una città piena di streghe e stregoni.

Per caso, Liam aveva vinto la scommessa all'Enchanted Spirits alcune settimane prima. Aveva scelto il giorno giusto in cui le piogge di margherite si sarebbero completamente fermate e aveva vinto più di duemila dollari. Li aveva donati per coprire i costi di pulizia della città.

Non potevo credere che duecento persone avessero puntato dieci dollari su quando le margherite si sarebbero fermate.

Presi il mio solito caffè e poi mi diressi nuovamente attraverso il parco, notando che erano rimaste solo poche margherite appassite sul grande abete balsamico che faceva da sentinella al centro del parco cittadino. Avevamo ancora qualche turista rimasto dal periodo di intensa attività di quelle settimane. Dopotutto, la fine di maggio era il periodo dell'anno in cui le cose iniziavano a intensificarsi per l'estate.

Dale Anderson, il giornalista che mi aveva scattato la foto all'inizio di tutto il pasticcio delle margherite, mi fece cenno di avvicinarmi mentre si avvicinava sul marciapiede di fronte a Persnickety Potions & Gifts.

«Ciao», dissi con un sorriso prima di prendere un sorso del mio caffè.

Si fermò, con la macchina fotografica in mano mentre si girava per scattare una foto all'alto abete balsamico. «Beh, sembra che le margherite siano finalmente sparite», disse mentre tornava a guardarmi.

«Ha mai scoperto se è stata la magia a causare tutto ciò?» chiesi, trattenendo un sorriso.

Lui alzò gli occhi al cielo. «Oh, ho sicuramente sentito molte storie fantasiose, ma nulla di concreto. Durante il mio ultimo giro qui, ho sentito gente lamentarsi che le margherite sono scomparse perché avevano ottenuto così tanti affari extra durante l'evento».

Mi strinsi nelle spalle. «Pazienza. Siamo comunque occupati tutta l'estate. Non fraintendermi, ho apprezzato il business extra, ma era un po' strano avere margherite ovunque e in ogni momento».

Dale ridacchiò. «Strano è un modo di dirlo. A proposito di affari, ho preso uno dei rimedi del vostro negozio. Dovrebbe aiutarmi a trovare l'amore». Alzò gli occhi al cielo. «Non che pensi di averne bisogno, ma le gemelle che lavorano lì hanno insistito che avrei dovuto prenderlo. È difficile dir loro di no, lo sa».

Sorrisi. «Sono ottime dipendenti, questo è certo. È solo un po' di divertimento. Comunque, devo andare a lavorare. Le auguro una buona giornata. Se si trova di nuovo in città, passi pure a trovarci».

«Lo farò sicuramente».

Salutai mentre scendevo dal marciapiede e attraversavo la strada verso il negozio, emettendo un sospiro di sollievo una volta entrata. Gustai il mio caffè mentre preparavo il negozio per l'apertura. La mia prima cliente fu Beatrice. Entrò dalla porta, con uno scintillio negli occhi. «So cosa farò per il tuo matrimonio», annunciò.

«Non devi fare niente di speciale. È già abbastanza che tu venga fino in Scozia».

Il suo sorriso si allargò. «Oh no, ho un regalo, ma è una sorpresa. Nel frattempo, ho bisogno di alcune pozioni».

Non potei fare a meno di chiedermi cosa avesse in serbo per noi. Con tutto il trambusto per le margherite, ero un po' sollevata di aver lasciato in gran parte a mia madre e alle mie zie l'organizzazione del matrimonio. Pensavo di fare già abbastanza presentandomi. Anche se mi piaceva fingermi infastidita dalla pressione del destino, amavo Liam ed ero decisamente emozionata di sposarmi.

Non immaginavo che le cose sarebbero cambiate molto per noi. Detto questo, almeno potevamo stare tranquilli di aver impedito che un'antica faida secolare riemergesse tra le nostre famiglie.

Nel frattempo, la campanella sopra la porta tintinnò e i clienti iniziarono a riempire il negozio. Avevo della magia da vendere.

Grazie per aver letto Oopsy Daisy! Se desideri ricevere aggiornamenti sulle mie nuove uscite e altre notizie, iscriviti alla mia newsletter: subscribepage.io/J3tvfP

Per più malizia, magia e caos a Charm Cove, gira pagina per un'anteprima di Siren Song Gone Wrong, il prossimo libro della serie Wicked Good Mystery!

ESTRATTO: SIREN SONG GONE WRONG

MOIRA WICKED

«Allora?» chiese mia zia Lea, tamburellando con un'unghia rosso lucido sul piano della vetrina.

Abbassai lo sguardo verso le due collane all'interno della vetrina, entrambe bellissime ed entrambe cimeli di famiglia.

Nel caso ve lo stiate chiedendo, organizzare un matrimonio è una vera rottura di scatole. E io ci ero dentro fino al collo. Mancavano appena quattro settimane alle mie nozze. In questo preciso momento, dovevo decidere quale collana volevo indossare con il mio abito da sposa.

Piccolo vantaggio dell'essere una strega destinata a sposare uno stregone con una cerimonia nuziale avvolta nel destino: praticamente tutto era già stato deciso per me.

Per esempio, avrei indossato l'abito da sposa di mia nonna, che era davvero splendido. Grazie a Dio. Era un tubino di seta color crema, semplice ed elegante. Persino le mie curve non lo riempivano troppo. Ho potuto scegliere le mie scarpe, quindi è stata una piccola cosa divertente. Vi racconterò di più sulla mia storia familiare tra poco. Dovevo decidere sulla dannata collana.

Lea era in piedi davanti a me dall'altro lato del bancone di Pozioni & Regali Schizzinosi, il negozio che gestivo per la mia famiglia, i Wicked. Vendevamo pozioni e regali. In questa era moderna, chiamavamo le pozioni "rimedi", che lo erano per definizione. Solo che avevano tutti un pizzico di magia e funzionavano *davvero*.

Ma divago. Gli occhiali rosso brillante di Lea erano appoggiati sul naso e i suoi capelli argentati erano raccolti in uno chignon con delle bacchette rosse abbinate. Ero abbastanza certa di non averla mai vista mangiare con le bacchette, ma ne aveva un sacco per i capelli.

I suoi occhi azzurri si strinsero. «Non puoi tergiversare su questi dettagli per sempre. Hai solo quattro settimane. Devo far lucidare questa, e tutto deve essere pronto per te in Scozia per il giorno della cerimonia».

Trattenni un sospiro e dutifully concentrai la mia attenzione sulle due collane di fronte a me. «Quella», dissi, indicando quella alla mia sinistra. «Adoro le perle e credo che si abbinino meglio al mio abito. L'altra è un po' più elaborata, non credi?»

«Sono assolutamente d'accordo», rispose solennemente.

«Beh, alleluia», dissi con un'occhiata al cielo.

Lea mise una mano sul fianco e sospirò. «Penso che siamo stati tutti molto accomodanti nel far sì che tu ti senta parte di questo processo, cara».

«Considerando che questo sarà il mio matrimonio e la mia unione, sono felice che tu pensa di aver fatto uno sforzo per includermi». Uno sguardo addolorato le attraversò gli occhi, e io provai un senso di colpa. «Sto solo scherzando. Un matrimonio è un sacco di lavoro. Onestamente, apprezzo il fatto che non ho così tanto da fare come la maggior parte delle persone grazie all'aiuto di tutti. Adoro il mio vestito e adoro questa collana».

Il campanello sopra la porta del negozio tintinnò, e Daniel Levesque, il capo della polizia di Charm Cove, entrò. Era in uniforme, il che mi mise immediatamente in guardia.

Daniel si guardò intorno, praticamente ispezionando il locale mentre si avvicinava a noi. Al momento, per un piccolo miracolo, c'eravamo solo Lea ed io. Tecnicamente non eravamo ancora aperti, ma avevo lasciato la porta d'ingresso sbloccata quando lei era entrata. Saremmo stati impegnati entro mezz'ora, dato che eravamo nel pieno dell'estate.

Daniel si fermò accanto a Lea e fece un cenno col capo. «Buongiorno, Lea, come sta questa mattina?» chiese.

«Molto bene, Daniel. Sei così elegante nella tua uniforme», offrì con un occhiolino.

Daniel inarcò un sopracciglio. Con i suoi capelli scuri e gli occhi marrone intenso, Daniel era piuttosto affascinante e anche molto felicemente sposato con la mia migliore amica Zoe. Stavano anche aspettando un bambino a breve.

«Cosa ti porta qui questa mattina?» chiesi.

Daniel appoggiò il fianco al bancone di fronte a me. La vetrina svolgeva una doppia funzione come bancone. Lea aveva voluto l'effetto completo, come aveva detto, per farmi vedere le collane, quindi le aveva messe nella vetrina sul ricco rivestimento di velluto blu.

Daniel si passò una mano tra i capelli e sospirò. «Ho pensato fosse meglio iniziare da qui. Ho visto l'auto di Lea, quindi ho pensato di poter trovare entrambe».

«Di cosa si tratta?» chiese Lea, ora completamente distolta dalla pianificazione del matrimonio.

«Beh, è un po' strano», cominciò Daniel.

«Strano?» intervenni.

«Sì, strano. Se considerate che tutti su una barca da pesca riferiscono di aver sentito una sirena», rispose Daniel.

«Intendi come una sirena della polizia?» chiesi.

«Uh, no. Il tipo di sirena che adesca gli uomini», chiarì Daniel.

«Cosa?!»

«Oh cielo!» L'esclamazione di Lea si sovrappose alla mia.

«Già, dunque, la barca ha deviato la rotta la notte scorsa giù nel Massachusetts. Invece di attraccare a Boston, sono risaliti qui nel Maine fino a una delle piccole isole senza nome e hanno incagliato la loro barca su di essa».

Gli occhi di Lea si allargarono. «Oh caro. Quindi cosa c'entriamo noi con questo?»

«Voi in particolare, niente. Ho solo pensato che potreste saperne di più sulle sirene rispetto a me. Ogni tizio su quella barca riferisce che una donna li stava chiamando attraverso il mare. In effetti, la maggior parte di loro la definisce una sirena e dice che è la donna più bella che abbiano mai visto».

Gemetti.

«Sono sicuri che fosse una sirena?» ripeté Lea.

Daniel annuì lentamente. «Esatto. Tutti hanno descritto la stessa cosa, una voce che li chiamava attraverso l'oceano. Sembrano non avere idea del perché abbiano guidato la loro barca sull'isola danneggiandola seriamente. Sono riuscito a malapena a tenere lontana la Guardia Costiera perché tutti erano stati trovati e stavano bene. Fortunatamente, quell'isola in particolare non è troppo rocciosa. C'erano preoccupazioni che si fossero persi in mare, anche se il tempo era buono.

«L'altro problema? Una barca da pesca locale ha segnalato la stessa cosa. Hanno arenato la loro barca sullo stesso lato dell'isola. Tutti gli indizi puntano a qualcosa... Beh, qualcosa di soprannaturale. Con tutto quello che è successo qualche mese fa con le margherite, l'ultima cosa di cui ha bisogno questa città è un mucchio di attenzioni sul tipo di magia che potremmo praticare. Ho pensato che sarebbe meglio capire cosa fare dopo».

Sospirai silenziosamente. Proprio quando pensavo che la noia fosse una buona cosa.

La notizia della presunta sirena sull'isola al largo della costa si diffuse rapidamente in città. Fortuna che avevo molto aiuto con i preparativi del mio matrimonio, perché tutti gli indizi indicavano un problema. Nello specifico, un problema di sirene. Secondo i libri di storia, erano passati ben trecento anni dall'ultimo avvistamento documentato di una sirena. Com'è la fortuna, una *doveva* proprio apparire vicino a Charm Cove, nel Maine, poche settimane prima del mio matrimonio.

———

1-Click: Siren Song Gone Wrong

Se desideri aggiornamenti quando ho nuove uscite e altre notizie, iscriviti alla mia newsletter: subscribepage.io/J3tvfP

I MIEI LIBRI

Grazie per aver letto questa storia! Spero che tu abbia apprezzato la magia. Se è così, ecco alcuni modi per aiutare altri lettori a trovare i miei libri.

1) Scrivi una recensione!

2) Iscriviti alla mia newsletter per ricevere informazioni sulle nuove uscite: subscribepage.io/J3tvfP

3) Metti "mi piace" alla mia pagina Facebook: https://www.facebook.com/lucymayauthor/

———

Serie Wicked Good Mystery

Destiny's A Witch

Hex Me Not

Spells & Silver Bells

The Great Maple Caper

Oopsy Daisy

Siren Song Gone Wrong

Pumpkin Patch Murder

Serie This Good Witch Mystery

Wish Upon A Witch
A Stormy Spell
A Stitch of Magic
Bee Charmed
Serie Lemon Tea Cozy Mysteries
Witch You Wouldn't Believe
A Spell to Tell
Witch is When it Gets Crazy

L'AUTRICE

Lucy May ama il caffè, i cani, cucinare e scrivere. È una meridionale fuori luogo che vive nel Maine. Ha imparato ad amare le quattro stagioni, ma sente ancora nostalgia delle pigre estati del sud. Le piace pensare che in un'altra vita potrebbe essere stata una strega e crede ancora nella magia. Trascorre il suo tempo creando storie paranormali sciocche, sarcastiche e sexy.

Facebook